TICO STA CRUZ

TICOSTA CRUZ

CRUZ

PÓLVORA

BelasLetras
1ª reimpressão/2015

© Copyright 2014 Tico Santa Cruz

Editor
Gustavo Guertler

Assistente editorial
Manoela Prusch Pereira

Revisão
Equipe Belas-Letras

Ilustrações
Carlinhos Muller

Capa e projeto gráfico
Celso Orlandin Jr.

Seleção de textos
Érika Castro

Dados Internacionais de Catalogação na Fonte (CIP)
Biblioteca Pública Municipal Dr. Demetrio Niederauer
Caxias do Sul, RS

S231	Santa Cruz, Tico
	Pólvora / Tico Santa Cruz. Caxias do Sul, RS: Belas-Letras, 2014.
	168 p., 21cm.
	ISBN 978-85-8174-156-7
	1. Novela brasileira. 2. Literatura policial brasileira. I. Título
13/78	CDU 869.0(81)-32

Catalogação elaborada por Cássio Felipe Immig,
CRB-10/1852

[2014]
Todos os direitos desta edição reservados à
EDITORA BELAS-LETRAS LTDA.
Rua Coronel Camisão, 167
Cep: 95020-420 – Caxias do Sul – RS
Fone: (54) 3025.3888 – www.belasletras.com.br

SUMÁRIO

Capítulo 0.5 7

Capítulo 1 10

Capítulo 1.5 11

Capítulo 2 17

Capítulo 2.5 19

Capítulo 3 27

Capítulo 4 – MMML 39

Capítulo 4.2 47

Capítulo 5 – A noite preta 48

Capítulo 6 60

Capítulo 7 72

Capítulo 8 – Plantando é que se colhe 85

Capítulo 9 – Quem é quem? 95

Capítulo 10 – Na terra dos pés juntos 107

Capítulo 11 – Love Story 121

Capítulo 12 – 30 minutos –
Flerte com o Diabo 133

Capítulo 13 – O Juramento 143

Capítulo Final 154

Capítulo 0.5

Nosso primeiro assalto foi a uma transportadora de bebidas. Era ela quem dirigia. Eu cochilava quando ouvi uma freada e senti o cheiro do pneu queimado. Tomei um susto. Quando olhei, ela já estava lá, com sua pistola apontada para a cabeça do motorista. Não gritou e nem gesticulou nervosamente. Parecia muito tranquila. Talvez já estivesse planejado, eu é que não sabia de nada e senti meu coração acelerar. Era um fim de tarde, o sol havia se enfiado para mais da metade dos vales, e o céu, lilás, fundia-se com o azul, anunciando a escuridão.

Nós tínhamos nos conhecido havia duas semanas, num posto de saúde. Lorena era linda. Cabelos castanho-claros, olhos de pomba. Trabalhava como enfermeira. Fui levar um dos meus sobrinhos para vacinar e ficamos conversando enquanto ela preparava a leve "picadinha" no bracinho dele. Trocamos telefones e acabei na sua casa cinco dias depois. Ela foi parar em cima de mim e metemos muito, metemos de verdade, metemos sem parar e metemos, metemos e metemos. Uma imagem de Jesus Cristo me incomodava. Não a imagem necessariamente, mas o local em que ela estava. Exatamente no centro do quarto de Lorena. Não era uma imagem qualquer de Jesus Cristo, mas o Santo Filho de Deus, talhado em madeira, com cerca de 1,80 de altura em cores vibrantes e pregos reais enfiados na palma de suas mãos, uma sanguinolência que me tirava a concentração. Quando perguntei a Lore o porquê daquela obra de arte no meio do seu quarto, ela foi categórica:

– O sofrimento me excita!

O motorista parecia nervoso, o que me deixou atento. Peguei um bastão de ferro e fiquei à espreita. Percebi quando o ajudante do motorista deu a volta no carro. Ele quis atingir Lore com uma pedra que pegara no acostamento. Ela estava tão conectada com aquilo tudo que, antes de desviar da pedra atirada pelo assistente, deu um tiro certeiro entre os olhos

POLVORA

do homem ao volante. Eu pulei do carro com a barra na mão e espatifei umas cinquenta vezes a cabeça do pobre rapaz. Nunca havia imaginado que seria capaz de uma atitude dessas; que isso pudesse acontecer em minha existência pacata e tediosa neste planeta, mas foi no sangue dele que lavei minhas botas. E acho que foi ali que tomei gosto por Lore. Colocamos os corpos desfigurados dentro da carroceria. Lore teve o cuidado de limpar nossas digitais. Em seguida, saimos de lá em alta velocidade pela estrada com algumas garrafas de tequila, outras muitas de uísque, vodka e só.

Capítulo 1

A primeira vez que toquei os seios de Lore foi num leve impulso de insanidade. Ainda nem havíamos nos beijado. Ela usava um top negro com suas lindas formas e relevos apontados em minha direção. Tirei a pergunta de algum lugar na escuridão do bosque:

- Posso acariciar seu peito?

Ela me olhou com certa cumplicidade, quase como uma paciente que mostrava sua nova prótese para o médico que a operara. Abaixou a peça. Os dois bicos rosados se eriçaram. Eram naturais. Toquei com carinho, como uma adolescente toca a imagem de seu ídolo num pôster na parede enquanto ensaia o beijo em sua própria mão. Alguém se aproximou e ela se protegeu do olhar indiscreto que vinha pela janela de seu carro.

Os pais de Lorena eram católicos rígidos. Seu José trabalhara como servidor público no gabinete de um poderoso famoso, e Dona Arieta fazia tortas deliciosas que vendia a pronta-entrega. Não eram ricos, mas tinham um padrão de vida que lhes permitia extravagâncias. Levaram Lore ao Louvre quando ela tinha treze anos e de lá foram visitar igrejas pela Itália. Depois, partiram de férias para o Japão, entre outros destinos. Dona Arieta era devota de Nossa Senhora de Guadalupe, de São Pedro, de São João, de São Matheus e de São Paulo. José torcia pela Ponte Preta.

Voltaram cheios de presentes, roupas e eletrônicos. Tudo isso bancado pelo patrão de José. Lore me disse que nunca procurou saber a origem desses pequenos mimos. Só descobriu quando viu seu pai no telejornal da noite fazendo papel de trapaceiro junto com o tal homem. O pai dela morreu na cadeia. Dizem que foi de desgosto, não pela Ponte Preta, mas porque o chefe nunca apareceu para visitá-lo e se negou a ajudar nas despesas com os advogados. Sua mãe teve de se mudar da rua onde cresceram, tamanha a vergonha, e passou seus últimos anos doente. Nessa época, Lore entrou para a faculdade e jurou que jamais dependeria dos favores de ninguém. Jurou também que iria reencontrar o patrão de seu pai e mandá-lo de volta para o inferno.

Capítulo 1.5

Estávamos viajando sem destino.

Minha criação fora cheia de preceitos católicos. Recordo-me de minhas tias me paparicando no dia da primeira comunhão e de todos aqueles frufrus que transformam as crianças em pequenos adultos. Terninhos, gravatinhas, vestimentas e aparatos que descontextualizam a atmosfera da infância. Li certa vez que não deveriam existir crianças católicas, espíritas, muçulmanas, judias, budistas ou de qualquer religião, assim como não há crianças capitalistas, comunistas, anarquistas, socialistas ou identificadas com qualquer ideologia. Crianças são apenas crianças e seria melhor se pudessem viver essa fase livres de qualquer cobrança do mundo adulto, cheio de regras, conceitos e tabus. Mas é pela culpa que se controla as pessoas. Pelo medo, pelo sobrenatural.

O assassinato daqueles homens excitou Lore e, meia hora depois, fui para o volante enquanto ela tomava goles de vodka e me chupava. Confesso que pensamentos ruins me invadiram. O que estava fazendo? Trepando feito louco com uma psicopata e matando pessoas inocentes sem motivo algum. Por outro lado, experimentava um poder que nunca sentira antes, uma incrível liberdade. A libertação através da morte, da violência, da destruição de todos os valores e princípios que me aprisionaram ao longo de tantos anos. Agora eu era o anjo da morte. O mais perigoso de todos os renegados por Deus. O grande ser malvado.

Você não vai acreditar em mim, mas é a pura verdade. Trabalhei como bancário por seis anos. Acordava pontualmente às sete da manhã, colocava minha fantasia de homem trabalhador, pegava a condução lotada até a agência e lá tomava meu café ao lado de outros funcionários. Falávamos sobre os jogos do fim de semana, discutíamos algumas manchetes de jornal e depois pegávamos no batente. Meu maior orgulho era mostrar à minha mãe que eu trabalhava na melhor instituição financeira do país. O banco que

sempre anunciava o jornal da noite. Eu corria e dizia: "Mãe, veja como traba-lho numa empresa altamente importante! É o meu banco quem oferece as notícias para o Brasil. Entendeu ou não entendeu, mamãezinha?" Para ela, aquilo era patético. "Onde já se viu banco anunciar notícias?" questionava. E depois me dava sermão. Minha mãe tinha sido professora do Estado. Durante o regime militar, teve de fugir do país, quando acabou conhecendo meu pai. Casaram-se no exílio e só quando o Brasil tornou-se de fato uma democracia, após a morte de Tancredo Neves, é que retornaram ao país. Nasci numa época de glória da nação e vivi, quando criança, tempos de paz. O conflito do qual lembro de ouvir falar era a Guerra das Malvinas, e olhe lá. Assistia ao Bozo antes de ir para a aula e dizia na escola que era um super--herói disfarçado. Sempre fui um aluno mediano, mas nunca levei bomba.

Paramos num pequeno hotel. Alugamos um quarto e transamos sem parar a noite toda. Estava me apaixonando por Lore e acreditava que ela também estivesse se apaixonando por mim. No dia seguinte, acordamos na hora do almoço. Estávamos com pouco dinheiro, precisávamos arrumar alguma grana para seguir viagem. Lore sugeriu que assaltássemos o hotel, mas o estabelecimento era muito humilde e a senhora que tomava con-ta morreria do coração antes mesmo que conseguíssemos abrir a gaveta para tomar seus trocados. Era uma cidadezinha sem grandes atrativos, nem banco tinha. Enquanto fazíamos nossa refeição, percebemos que um homem de terno e gravata se movimentava em direção ao caixa. Pelo que reparamos, era um viajante de passagem. Talvez tenha escolhido o pequeno local pelo mesmo motivo que nós: passar a noite e sumir dali sem nunca descobrir sequer quem construiu a pracinha principal, quem buliu com a filha de quem e outras fofocas de cidades pequenas. Lore notou sua pasta e supôs que aquele homem pudesse ter o montante que nos faltava, cartões de crédito ou qualquer função que nos rendesse dinheiro para pagar ao menos pela gasolina. A ideia era abastecermos no posto mais próximo e seguir viagem por mais algumas horas até uma cidade maior.

Paguei a conta enquanto ela seguia o homem de longe. Notou quando ele entrou em um carro elegante – ele estava só. Corremos para nosso carro e passamos a segui-lo até a saída da cidade. Com pouco combustível, a ação deveria ser imediata. Pedi a Lore que não matasse aquele homem e ela me garantiu que pouparia a vida do infeliz. Uns dez quilômetros à frente, numa bifurcação, o cara entrou à esquerda sem dar seta e nós quase perdemos o rumo. Lore gritou:

– Filho da mãe que não usa seta!

Talvez ele estivesse desconfiado. A estrada não era rota movimentada, os carros eram raros, não havia caminhões e nem pessoas transitando. O caminho nos levou a uma serra. Nossa gasolina daria para, no máximo, mais meia hora e, pelo que conseguia enxergar em meio à neblina, a natureza não compartilharia tal espaço com um posto de abastecimento por ali. Era um lindo caminho de muitas árvores, muitas flores, abundância natural. Olhando para baixo, encontrava-se um belo córrego, pedras, água. Lore acelerou e ultrapassou o homem. Deu uma freada brusca novamente e ele quase bateu em nossa traseira. O coitado meteu a mão na buzina, abriu o vidro e nos xingou. Lore já saiu apontando a arma para a cabeça do motorista. A barra de ferro estava no mesmo lugar de sempre, com o sangue que eu havia esquecido de limpar.

Vi quando o homem levantou os braços e, apavorado, implorou por sua vida. Ela, tranquila, pediu a pasta. O imbecil tentou argumentar. Não se argumenta com uma pessoa armada. Lore devia estar próxima de atingir um orgasmo. Aquilo me excitou também.

– Abre a pasta! – Lore ordenou.

O cara mostrou apenas os documentos. Deveria ser um funcionário bunda-mole de alguma empresa que coloca essa gente rodando em carros legais e oferece roupas chiques para que se sintam mais importantes enquanto são exploradas pelo patrão milionário. Alguns automóveis passaram pela estrada. Ninguém se interessou por nós. Lore me chamou e pediu que retirasse a criatura do carro. Em seguida mandou que eu assumisse a direção enquanto ela iria com ele no nosso veículo. Colocou-o no volante e seguimos viagem até um posto de gasolina.

O posto ficava na descida da serra. Nós não tínhamos outra opção – paramos cada um no seu carro. Ela, com a arma apontada para o meio das pernas da vítima, a quem mandou que pagasse a conta. Quando ele abriu a carteira, Lore notou que havia fotos de família.

– São seus filhos...? Olha que família bonita você tem! Trabalha com o quê? – interessou-se Lore.

O homem pegou o cartão de crédito e o entregou para o frentista. O funcionário pediu, então, que ele descesse do carro para colocar a senha. Foi um momento de tensão e tanto. Olhando pelo retrovisor, imaginei que o cara pudesse tentar escapar, nos denunciar, qualquer merda dessas. Lore ficou no carro e os dois se afastaram até onde estava a máquina.

O funcionário passou o cartão, esperou por alguns segundos e logo o devolveu com a segunda via do pagamento. Estávamos com o tanque cheio. Saí do carro e pedi a Lore que liberasse o cidadão. Ela afirmou que mais adiante o deixaria seguir seu destino. Lore era uma boa menina.

Ligamos os motores e partimos de volta para a estrada. Vinte quilômetros depois, Lore e a vítima deram sinal de luz para mim e pararam no acostamento. Estacionamos e trocamos novamente de carro. O homem agradecia por sua vida, chorando. Falava de seu filho pequeno, de sua mãe, da enteada que tanto amava, falou do sogro, da puta que o pariu. Falava demais! No olhar dele, vi o pavor, o risco, o pequeno fio que divide a existência do desaparecimento deste mundo. O infeliz entrou no veículo e desapareceu. Mas nós não o deixamos em paz. ·

Lore pediu que eu dirigisse até a próxima cidade. Por um certo tempo, fui colado na traseira dele, buzinando, assustando-o ainda mais – não sei por que, mas aquilo estava me deixando eufórico. Eu lembrava os olhos de medo daquele homem, e aquele olhar alimentou alguma coisa em mim. Lore achava engraçado também. Num determinado trecho, acelerei e joguei o nosso carro em sua direção. Ele perdeu o controle e abraçou uma linda árvore de flores amarelas. Nós seguimos adiante gargalhando e bebendo um pouco de uísque da última leva. Se estava de cinto de segurança, talvez tenha sobrevivido.

Capítulo 2

Passamos a noite num bar bem legal, gastando o dinheiro roubado de um pastor cretino que irritara Lore quando paramos numa rua aparentemente calma para descansar um pouco. O homem berrava ao microfone, parecia não perceber que o aparelho, por si só, já potencializa a voz. "Aleluia, glória a Deus", e entreguem seu dinheiro! Gritava que o dízimo não era taxa para entrar no céu, e sim uma caridade para ouvir a palavra do Senhor. Lore quis matar o pastor, mas achei melhor só roubarmos mesmo. Ele tinha muito dinheiro na carteira e mais um pouco num saco de supermercado. Estava saindo da igreja com uma fiel bem atraente. Quando o pastor viu o cano da arma de Lore apontada em sua direção, tentou argumentar sobre a obra divina, o Espírito Santo e não sei mais o quê. Mais uma vez me veio à mente o mistério de existir pessoas que creem poder convencer alguém armado a não fazer o que esse alguém deseja. É como tentar conversar com um segurança de noitada sobre quem começou a briga depois que a confusão foi iniciada e o cara já está com as duas mãos no seu pescoço, jogando-o porta afora com um pontapé no meio do seu rabo. Se sobrar alguma saúde, está de bom tamanho. O pastor pedia pelo amor de Deus, que poupássemos sua vida, que era honesto, que havia largado as drogas, a prostituição, a vadiagem e que agora era um homem abençoado. Dizia que era sua missão levar a palavra divina àquelas pessoas, e isso foi irritando Lore num nível que eu mesmo peguei o bastão e dei com ele no chão, tirando faísca.

- Está vendo este fogo, pastor? - perguntei. - É o fogo que vai subir pelas suas pernas se não calar essa boca maldita agora mesmo e nos entregar apenas sessenta por cento do seu dinheiro. Não queremos tudo. Queremos sessenta por cento do seu bendito dinheiro!

O pastor pegou o saco plástico e o entregou nas mãos de Lore. Ela jogou o saco no carro e liberamos o casal. Sussurrei no ouvido da acompanhante do pastor que, se avisassem a polícia, encontrariam o capeta sentado na poltrona onde ela fazia sexo com aquele sem-vergonha!

A moça ruborizou. Acho que era verdade.

A cidade oferecia uma estrutura razoável. Não era nenhuma capital, mas tinha seu charme interiorano. Lá conhecemos Milene, uma jovem com 24 anos, uma beleza incomum, talvez nem chamasse atenção dos rapazes da região, mas chamou a nossa. Lore se aproximou, puxou conversa, jogamos um pouco de sinuca e, horas depois, deixamos Milene em sua casa.

Precisávamos de um lugar para passar aquela noite. Milene nos indicou um hotel de um amigo seu. Antes de se despedir, ligou para ele e disse que seus tios precisavam de um quarto. No momento, me questionei por que dissera que éramos seus tios, depois Lore me convenceu que a menina estava tentando um desconto no preço do quarto e sendo gentil conosco.

O pequeno apartamento tinha frigobar, TV a cabo, uma cama de casal bem macia e uma decoração horrorosa. Lore estava cansada e foi direto para o chuveiro. Deixou a porta semiaberta e tirou a roupa. Linda. Deliciosamente sublime, sexy, atraente. Peguei o livro que eu havia encontrado naquele carro que se espatifou na árvore e tentei ler um pouco. Procurei por uma luz de leitura, mas descobri que os hotéis em geral não se importam com leitura num país de analfabetos. Minha mãe já dizia que o problema do Brasil não é o futebol, não é o carnaval, não são os políticos. O problema do Brasil é que ninguém lê. A televisão é o deus do brasileiro. Minha mãe tinha certa razão.

Eu sempre gostei de ler. Foi um hábito que tomou conta da minha vida quando ainda era um adolescente que passava o dia todo trancado no banheiro achando que ninguém sabia o que estava fazendo. Sempre levava um livro comigo, era a desculpa que usava pela demora. Depois de terminar, eu lia um pouco. Com o tempo, fui tomando gosto pela masturbação e pela leitura, até que fundei um clube. O clube dos interessados em Mulheres, Maconha, Música e Livros. O MMML é minha sociedade secreta e, mais adiante, vou contar um pouco mais sobre nossas iniciativas revolucionárias.

Desisti de ler o livro e fui me juntar a Lore. Nós fizemos sexo até cansar e caímos mortos de cansados na cama. Estávamos molhados. O sono nos venceu e dormimos nus e agarrados um ao outro.

Capítulo 2.5

Pela manhã, despertamos com o telefone tocando, para informar que o café se encerrava às 10h. Na verdade, eu despertei. Lore permaneceu em seu sono de princesa, com o cabelo desgrenhado e uma expressão de paz incondicional. Aproximei-me de seus lábios e senti sua respiração leve e aquele mau hálito que nem chegou a me incomodar. Isso era um bom sinal. Sempre fui apegado aos cheiros. Cheiro é a essência que alimenta um relacionamento. Pode ser a mulher mais linda e atraente do mundo, mas, se o cheiro não bater, as coisas não funcionam. Passei as mãos em seu rosto delicado e levantei um pouco o cobertor. O ar condicionado estava bem gelado e eu não queria ver minha menina gripada.

Apressei-me para pegar o café da manhã. Já passava de nove e meia e meu estômago roncava alto e forte. Coloquei apenas minha calça de moletom e uma blusa qualquer que peguei na mochila. Certifiquei-me de que Lore não havia acordado e fechei delicadamente a porta. Minha mãe me ensinou a respeitar o sono alheio. Eu sempre achei muito irritante e deselegante essa gente que divide quarto, corredor, vizinhança, o que quer que seja, e faz barulhos sem se importar se as pessoas que estão dormindo nos arredores tiveram dificuldade para pegar no sono. Já dei muita vassourada em teto de vizinho do apartamento de cima. Mais especificamente uma vizinha cretina que, às seis horas da manhã, levantava com suas três crianças e colocava um salto alto para preparar seus rebentos para a escola. Rebentos esses que já acordavam correndo de um lado para o outro, arrastando móvel, gritando, rindo como macaquinhos serelepes sem darem a mínima para a "lei do silêncio". Uma situação muito irritante.

Apesar de não ter problemas para dormir, lembro de como minha mãe sofria para pregar os olhos. Precisava de remédios. Talvez por conta da rotina nas escolas, lecionando para aquele bando de adolescentes com uma centena de miolos desocupados. Tinha pesadelos à noite. Falava, reclama-

va, movimentava-se. Suas crises de ansiedade eventualmente a deixavam sem voz, mas mantinha seu senso de responsabilidade sempre como princípio básico, apoiando-se na disciplina para vencer as dificuldades impostas pela vida de professora do Estado.

Logo que desci para o salão, observei uma bela mesa com pães, bolos, salgados, ovos mexidos e outras delícias da culinária matinal. Acabei por encontrar Milene, que conversava com o seu conhecido do hotel no balcão da recepção. Ao me ver, ela ofertou um belo sorriso, aproximando-se e me saudando com sua voz rouca:

- Bom dia! Dormiu bem?

Acenei com a cabeça e dei um sorriso sem graça. Não sei por que fiquei sem graça, mas fiquei. Ela me acompanhou à mesa e deixou o homem com os afazeres do estabelecimento. Conversamos bastante enquanto me empanturrava com um bolo de laranja maravilhoso. Ela disse que adorava cozinhar e que sabia fazer um bolo bem melhor do que aquele. Não duvidei. Perguntou por Lore e respondi a ela que ainda estava em seu sono pesado. Expliquei que estávamos viajando havia alguns dias e que as estradas eram cansativas. Naturalmente, não comentei que matamos dois homens, jogamos mais um no acostamento e assaltamos um pastor e sua fiel parceira. Estou aprendendo que não é preciso ser sincero sempre. Milene quis saber para onde estávamos indo. Disse a ela que não havia um destino certo, que apenas tínhamos pegado a estrada para namorar e conhecer os lugares sem qualquer intenção além de nos divertirmos e conhecermos pessoas e culturas diferentes. Nesse ponto, estava sendo bem honesto, não tinha a menor ideia do que se passava na cabeça de Lore e apenas seguia meu coração. Contei algumas mentiras a respeito de nossas atividades, inventei que já estávamos namorando havia algum tempo e que em breve voltaríamos à nossa rotina maçante de trabalho, estudo e tudo o mais que integrava o cotidiano de cidadãos comuns.

Milene não estudava e nem trabalhava. Acabara um relacionamento de dois anos com um rapaz, que a trocara por outro. Aquilo a incomodava muito. Não por ter algum tipo de preconceito contra homossexuais - jurou de pés juntos que seus melhores amigos eram gays -, mas porque o rapaz por quem fora trocada era seu próprio irmão. Relatou casos dignos desses programas popularescos que jogam famílias contra famílias, explanam a intimidade alheia, criam intrigas, conflitos filmados e constroem personagens absurdos para aumentar a audiência.

Disse que eles transavam dentro da casa de seus pais e que não respeitavam nem a avó, que estava havia dez anos vegetando numa cama. O irmão gostava de se oferecer para o namorado dela diante da pobre velhinha que, apesar de não conseguir falar nem se mexer, tinha consciência e observava tudo sem poder fazer nada.

Quem poderia acreditar numa coisa dessas? Milene contou que só descobriram isso depois que a empregada desconfiou de manchas no lençol da pobre vovó. Aquilo chamou a atenção da moça da limpeza. Até o dia em que, através de uma fresta na janela do quarto, ela os flagrou fazendo sexo na frente da velhinha. A empregada cometeu o erro de tentar contar para os pais de Milene, que, além de não acreditarem na história, ainda a demitiram. Quando Milene ficou sabendo do ocorrido, procurou-a para esclarecer os fatos. Segurou o ódio enquanto pôde. Já estava, havia tempos, desconfiada do ex-namorado.

- Ele nunca queria fazer amor comigo. Só ia à minha casa para jogar videogame com meu irmão e depois ficavam até de madrugada conversando e conversando e conversando.

Enquanto Milene falava, acabei me distraindo com seus lábios. Como alguém poderia dispensar uma mulher daquelas? Até então, não tinha reparado bem em suas formas, mas depois de tudo que me contou, fiquei com o desejo de fazer com ela o que o namorado fazia com o irmão. Só retomei a consciência da conversa quando ela confessou que armou com outra amiga um flagrante digno de ser publicado na internet. Colocou duas câmeras no quarto e filmou tudinho. Editou, segundo ela, espumando de tanta raiva, e preparou um encerramento triunfal. Aguardou o dia do aniversário de setenta anos de sua avó, quando a família, todos com a consciência pesada por ignorar a velhinha, aparecia cheia de sorrisos e cantigas, presentes e tudo o mais. Reuniu-os na sala para mostrar um vídeo que ela mesma havia criado para homenagear a pobre senhora. Estavam todos emocionados com a música preferida de Dona Selma. Uma canção muito antiga de Cauby Peixoto, e as lágrimas escorriam, fotos de seus pais quando eram jovens, do casamento, do seu avô já falecido, aquela coisa toda. De repente, entra a imagem do irmão e do seu namorado.

O impulso cerebral coletivo demorou a tomar ciência do que se passava, mas uma vez que os neurônios fizeram a conexão e estabeleceram o senso de moral e de censura, ela disse que sua mãe caiu em prantos, sua tia vomitou em cima do cachorro, o cachorro começou a latir feito um louco e mordeu a canela do bebê de sua prima, que começou a urrar de pânico e, no meio daquela confusão toda, as pessoas chocadas, o pai trancou a porta, pegou seu filho pelos cabelos, colocou-o diante de todos como uma cena de épicos romanos e deu-lhe uma surra de cinto, sem dó nem piedade, na frente dos presentes. Cada cintada era um palavrão diferente e podiam se ouvir os estalos da esquina mais distante, diante do silêncio que tomou conta da cova dos leões. Milene olhava para sua avó e disse que, pelos seus olhinhos, conseguia sentir a comemoração da velha que, embora não pudesse expressar em palavras seus sentimentos acumulados, deixou escorrer uma lágrima de felicidade. Para Milene, aquele tinha sido o melhor presente de aniversário que poderia ter oferecido à Dona Selma. O escândalo na família foi tão grande que, depois daquele dia, nunca mais se encontraram. A velha faleceu meses depois e foi enterrada praticamente sem velório. O irmão foi mandado para o Rio de Janeiro, onde faz michê para diretores e artistas de uma grande emissora de televisão. A mãe tentou o suicídio, sem sucesso, e o pai sofre de desgosto e enche a cara de cachaça todos os dias.

Questionada se sentia algum arrependimento por toda aquela confusão, Milene foi categórica.

- Nesta vida, cada um tem o que merece.

Fiquei tentando imaginar capítulo por capítulo daquele épico que poderia ter sido escrito pelo Marquês de Sade, porém, meu coração foi flechado pelas lágrimas que escorriam de seus olhos cativantes e pretos como a noite. Tentei acalmá-la. Passei a mão no seu rosto, dei um abraço, mas quando ela tocou seu corpo no meu, a eletricidade ativou meus impulsos e tive uma ereção. Estava sem cueca e meu pênis roçou em sua coxa. Tentei me afastar. Ela, por sua vez, reaproximou-se de mim. Fiquei um pouco constrangido. Lorena dormia e nós estávamos no salão do café. Tudo bem que não havia hóspedes por perto, a porta fumê estava fechada e a cozinha trabalhando para o almoço. De qualquer forma, para os meus princípios, aquilo era estranho, porém excitante.

Milene me deu um abraço apertado e se afastou. Tentei sentar o mais rápido possível para não expor meu estado de excitação. Ela apenas deu um sorriso, beijou meu rosto e saiu. Fiquei lá sem saber o que fazer. Comi um pão doce, bebi um suco de laranja e voltei ao quarto.

Quando entrei, Lore estava saindo do banho. Agarrei-a pelos cabelos, coloquei-a de frente para o espelho e imaginei que estava com Milene.

Ligamos a televisão. Estava ansioso por um baseado. Havia dias que estávamos sem maconha e, como não tínhamos nenhuma programação estabelecida para aquela tarde, perguntei a Lore se talvez não conseguiríamos descolar um fumo para que a programação da televisão se tornasse um pouco mais atraente. Sugeri que fosse à recepção e jogasse verde para o dono do hotel. Ele era jovem, aparentemente gente fina, não tinha cara de quem se importaria com a pergunta. Ela colocou uma blusinha bem safada, seu short que deixava à mostra as nádegas e foi atrás de seduzir o rapaz para conseguir nossa brenfa.

Eu gostava de ver o olhar que os homens dirigiam para Lore. Aquilo me dava tesão. Nós transamos diversas vezes imaginando a existência de outros personagens envolvidos em nossas perversões. Lore tinha uma imaginação muito fértil. Contava pequenos casos, dizia sacanagens no meu ouvido e aquela atmosfera me fazia delirar sem me importar com moral nenhuma. Já cheguei a me questionar se não sou mais um desses pervertidos que deseja levar sua mulher para transar numa boate de swing. Imaginava essas trocas de casais e, toda vez que isso acontecia e eu vislumbrava Lore numa situação dessas, acabava me aliviando no banheiro mais próximo. Vi quando Lore desceu as escadas e passou direto pela recepção. Fiquei escondido em um ângulo da escada da qual conseguia observar toda a movimentação. O jovem se apoiou na bancada e ficou babando enquanto ela, parada na porta de entrada do hotel, fumava um cigarro. Quando terminou a primeira parte de sua ação sedutora, Lore se voltou em direção ao balcão e puxou conversa com ele. Não dava para ouvir o que estavam conversando. Contudo, com pouco mais de dez minutos de papo, eles já estavam bem mais descontraídos e sorridentes. Lore tinha total consciência de seu poder de sedução. Movimentava-se de modo que seus peitos quase aparecessem, mas na medida certa para evitar a transgressão ao tecido fino. Percebi que o jovem se alterou, ficou nervoso. E quem não ficaria? Milene reapareceu e se juntou ao bate-papo até que, alguns minutos depois, as duas saíram juntas em direção à rua.

Fiquei sem saber o que se passava. Subi, esperei uma hora e depois voltei até onde o cara da recepção estava. Questionei a respeito de Lore. Ele informou que havia saído com Milene - o que eu já sabia - e que logo as duas estariam de volta.

Sem nada para fazer, comecei a puxar assunto com o rapaz para tentar me distrair um pouco e saber mais a respeito da cidade. Lore havia comentado que queria passar dois dias sem pegar estrada, estava precisando de um pouco de sossego antes de retomar nossa viagem sem rumo e, como era ela quem dava as cartas, detive-me em descobrir o que fazer para passar as horas. Acabei descobrindo que, a cerca de trinta minutos do hotel, existia uma cachoeira muito bonita. O dono do hotel me mostrou fotos e afirmou que não poderíamos deixar de conhecê-la. Ele mesmo se ofereceu para nos levar até o lugar e, dessa forma, ficamos no aguardo da volta das meninas para que pudéssemos decidir o destino a ser seguido.

Lore e Milene haviam saído por volta do meio-dia. Já passava de três da tarde e nada das duas. Fiquei um pouco preocupado. O jovem da recepção resolveu ligar para o telefone de sua amiga. Depois de algumas tentativas sem sucesso, conseguiu falar com Milene. Elas estavam fazendo compras no comércio local e tinham perdido a hora. Quando retornaram ao hotel, combinamos de nos arrumarmos para a ida até a queda d'água. O jovem se ofereceu para nos levar em seu carrão do ano e, diante das circunstâncias, nós aceitamos de bom grado a gentileza.

Subimos para o quarto e, logo que entramos, Lore atirou uma mutuca grande de maconha sobre a cama. Dei um salto lá de onde estava e caí por cima dos lençóis. Abri o pacote e dei de cara com uma planta das mais finas. Verdinha, muito cheirosa. Parecia aquelas que se vendem nas farmácias da Califórnia. Da mais alta qualidade. Os camarões estavam separadinhos e cheguei a colocá-los entre o meu nariz e a boca para tirar uma foto como se fosse o meu bigodão de Salvador Dalí. Lore abriu sua bolsa e tirou o kit completo com um desbelotador que comprara na estrada, seda, isqueiro e tudo que precisávamos para preparar nosso cigarrinho. Apertamos uma tora e fumamos enquanto nos arrumávamos. Lore colocou seu biquíni e ficou desfilando com seu corpo delicioso de um lado para o outro. A maconha sempre me deixa com um tesão descontrolado. Puxei-a para a cama e começamos a nos esfregar, a nos beijar, enquanto ela passava a mão em mim e eu a chupava. Quando estava prestes a penetrá-la, o telefone tocou. Era Milene avisando que o dono do hotel já estava no carro e que nos aguardavam. Lore afastou-se, vestiu o short, a blusa, pegou a bolsa e colocou sua arma dentro.

Aquilo me deixou um pouco assustado.

Perguntei-lhe sobre a necessidade de levar uma arma para a cachoeira, lugar de paz, de amor, de tranquilidade. Mas Lore dizia que uma mulher devia andar sempre prevenida. Seu rosto não escondia a excitação, e toda vez que no mesmo cenário se misturavam pólvora, chumbo, fogo e mulheres, era porque alguém estava correndo sério risco de cruzar para o outro lado.

Descemos até a recepção e nos juntamos aos novos amigos. O dono do hotel deixou um funcionário tomando conta de tudo e embarcamos em sua picape preta com vidros negros, banco de couro, ar condicionado ligado e uma uma música sertaneja de mau gosto tocando no rádio. Eu e Lore nos olhamos, rimos e entramos no clima. Dez minutos depois, estávamos na estrada em direção à tal da cachoeira.

Capítulo 3

Lembrei-me de quando era menor e meus pais me levavam para acampar. O caminho passava da estrada de asfalto lunar para um trecho longo de terra. Tivemos de pedir autorização a um fazendeiro para seguir adiante. Carros só eram "permitidos" com cadastro de suas placas, e os aventureiros que seguiam caminho a pé precisavam deixar documentos com os "fiscais" da fazenda. Tudo isso em tese, segundo o dono do hotel. Ninguém cadastrava nada e os donos do terreno se aproveitavam da dificuldade por outros acessos, apenas para tomar o dinheiro dos visitantes. Como o motorista era amigo do vigia daquela estância, nós passamos tranquilamente.

Perguntei que tipo de atividade se fazia por ali, além da exploração da tal cachoeira. O dono do hotel contou que aquela região trabalhava com criação de gado e aves. O clima e o solo eram propícios ao plantio de alguns poucos produtos agrícolas, porém, pela facilidade e pelos custos, as famílias optavam por explorar economicamente somente os animais. Confessou que em alguns campos a extração de madeira também rendia lucros, mas que, por se tratar de uma atividade ilegal, era cercada de sigilo e cuidado. Lore quis saber se alguma vez os sem-terra tentaram invadir o lugar. Milene achou engraçado e salientou que a única invasão tentada por lá foi de algumas famílias hippies encantadas com as histórias místicas que rondavam a queda d'água. Segundo ela, ali era um lugar mágico, de muita força natural, que renovava as energias corporais e espirituais. Havia lendas sobre a existência de um xamã que teria vivido no local durante muitos anos, em meados de mil oitocentos e tal, tendo ali cultivado plantas e ervas cujas sementes eram de origem extraterrestre.

Fiquei imaginando que tipo de propriedades aquelas plantas e ervas continham e a intensidade de seus poderes mágicos. Milene seguiu relatando que o xamã curara muitas crianças e idosos das vilas próximas, que caminhavam pela floresta em busca de seus segredos.

Quis saber que fim levou o tal feiticeiro. O dono do hotel contestou-a dizendo que era apenas um folclore da região e que jamais houve prova da existência real de algum desses personagens, mas foi interrompido por nossa amiga, que concluiu a história dizendo que fazendeiros que passaram a tomar conta da região encontraram o corpo do homem repleto de marcas estranhas no peito. Aquilo que atualmente mais se parecia com cicatrizes das cirurgias de extração de seus órgãos internos.

Magia negra? Só poderia ter sido - especulou Lore. Em mil oitocentos e pouco, não existia ainda o tráfico de órgãos para o mercado internacional, ou existia?

Pairou um silêncio de segundos. Fiquei viajando o olhar pelo gado que perambulava tranquilo no pasto. Nada acontecia naquele campo; os bois ruminavam e se deslocavam preguiçosos de um canto para o outro, como se o mundo tivesse muito que se acabar e eles não tivessem nada a ver com isso.

Imagine que o gado coma o seu próprio excremento e que lá estivessem presentes pequenos cogumelos, e que eles entrassem numa constante viagem e que não conseguissem sequer ter uma parcial noção da realidade ao redor. Sempre ruminando, comendo as próprias fezes, entrando em viagens e repetindo tudo novamente. Foi a impressão que tive quando fixei a mente naqueles animais. Então imaginei-os se entreolhando e mantendo silenciosamente um diálogo assim:

- Eiii, muuuummm... você também viu o que eu vi?

- Vi muuuumm... sim!

- Acho que estamos comendo merda demais...

- Ou foi ele que... mummmm... comeu merda da boa?

- CARALHO! MUMMMM... que porra é aquela ali?

- Deixe quieto, finja que nada acontece que passa a onda.

Comecei a rir sozinho e chamei a atenção de todos. Eles ficaram curiosos e queriam saber do que eu estava achando graça, então inventei que estava viajando num xamã que tem contatos extraterrestres e que cultivava ervas e plantas com poderes mágicos, vivia no meio do mato e tomava banho de cachoeira. "Alimentava-se de quê?", me questionei. Deveria comer frutas e compartilhar seu espaço com animais ou até mesmo ter algum serviço de entrega cósmica. Não seria ele mesmo um alienígena e talvez jamais precisasse sequer se alimentar como um humano? Nunca duvidei da existência de alienígenas, e aquela lenda poderia ser mesmo verdade. Por que não?

Milene começou a gargalhar também. O dono do hotel me olhou pelo retrovisor, com um sorriso amarelo de quem não achou graça alguma.

Mas eu mesmo cheguei a listar um monte de pessoas que conheço que poderiam estar entre suspeitos de ser extraterrestres. Milene voltou ao assunto, contando que essa cachoeira era um reduto de visita de muitos curiosos e de alguns religiosos que faziam rituais de oferenda às entidades da floresta. Rezei para que, pelo menos por hoje, estivéssemos sozinhos no lugar. Detestaria chegar numa cachoeira e encontrar um bando de pessoas fazendo qualquer tipo de atividade que fosse. Eu queria mesmo era chegar logo e me refrescar um pouco, sumir com Lore em algum matinho, fumar o nosso baseado e depois apreciar a natureza. Meu órgão sexual chegou a fazer um leve movimento, mas me controlei e me concentrei no caminho de terra, nas árvores, nas paisagens que passavam lentamente pelas laterais.

O dono do hotel quis saber o porquê de nossa ida à sua cidade. Disse que ficou curioso para conhecer os tios de Milene, quando ela ligou pedindo os quartos. Não sabia da existência de parentes em uma cidade grande, mas ela foi mais rápida e contou que nós éramos parentes distantes, que jamais havíamos tido qualquer contato e que esse encontro só aconteceu porque, através de um site de relacionamentos na internet, ela e Lorena acabaram descobrindo o parentesco e, depois de uns meses de trocas de mensagens, Lore avisou que viajaria e passaria pela região, o que fez com que as duas marcassem o encontro.

Algo me incomodava nessa história. Não entendia a insistência de Milene em dizer que éramos seus tios. Será que ela estava escondendo alguma coisa dele e também de nós? O dono do hotel sabia do caso do irmão de Milene com o namorado e de toda aquela situação bizarra. Cheguei a pensar que seria mais fácil cultivar plantas extraterrestres do que imaginar que um ser humano pudesse ter relações sexuais, quaisquer que fossem, diante de uma senhora de idade que vegetava na cama. Será que o irmão, Milene e o namorado sabiam que a velha estava consciente? Será que aquilo os excitava? Milhares de perguntas vieram à minha cabeça ao mesmo tempo. Será que o dono do hotel fumava maconha também ou seria mais um desses caipiras caretas que só faziam papai e mamãe? Será que o pai e a mãe de Milene a conceberam numa cama, num carro, no chão? Será que Lorena poderia ser um bebê de proveta? Por que diabos todas essas perguntas me atormentavam? Seria a maldição do xamã? Seriam os poderes mágicos da floresta? Estávamos perto da cachoeira? Um grito me tirou do transe.

Tomei um susto danado e já fui procurando minha barra de ferro, que estava muito longe dali, obviamente. Mas não era nada grave. Lore havia avistado um animal cruzando a pista e tentara alertar o motorista. Ela amava os animais. Amava de verdade. Dizia que seria capaz de matar um homem para protegê-los. Depois de conhecê-la um pouco mais, tive certeza disso. Em dez minutos, chegamos à cachoeira.

Milene e Lorena trocaram olhares cúmplices. Cheguei a pensar que algumas horas de compras entre duas mulheres pudessem selar uma amizade incrível de mil anos. Passava das cinco horas e o sol se mantinha firme e forte no céu. Horário de verão é uma bênção da cronologia. O nosso motorista disse que poderíamos ficar até as oito horas da noite e que desfrutávamos de total segurança. Disso eu não tinha dúvidas. Lorena estava com seu trabuco na bolsa.

O lugar era realmente lindo. Digno de um filme de Leonardo DiCaprio. Capricho da Natureza. O xamã não era bobo, não, muito menos os extraterrestres fornecedores de sementes de ervas e plantas. Se eu fosse uma erva ou uma planta, desejaria ter nascido ali. Se eu fosse um alienígena, e alienígenas com certeza são criaturas muito mais evoluídas que nós, mesmo em mil oitocentos e tal, usaria meus conhecimentos para chegar até aquela cachoeira. Fiquei procurando algum lugar onde a nave poderia ter pousado, mas concluí que esse negócio de nave é muito Estados Unidos. Um extraterrestre fodão nem precisaria de nave para chegar onde quisesse.

O barulho do choque das águas com a pedra era quase um mantra. Ficamos em silêncio por alguns minutos escutando o canto da floresta. Lorena rapidamente tirou suas roupas e correu para o contato com a água. O dono do hotel não conseguiu disfarçar quando viu Lore em seu microbiquíni, saltitante pelas pedras. Achei engraçado o embaraço dele. Esperei Milene tirar a roupa, mas ela preferiu entrar vestida. Talvez fosse um costume do interior. Pus o pé na água e senti um contraste grande de temperatura. Estava gelada, muito gelada. Quando olhei de novo, Lore já mergulhava e nadava com desenvoltura. O clima estava maravilhoso. O dono do hotel preferiu não mergulhar. Devia ter tido uma ereção e estava com vergonha de se despir. Para mim, não importava. Milene e Lore se divertiam no fim daquela tarde. Depois de criar coragem, juntei-me a elas. Lore se esfregou em mim. Isso funcionou quase como uma reanimação cardíaca numa situação de emergência. Estava por trás dela. Milene cruzou um olhar estranho com o meu. Começamos a rir e a falar besteiras. Milene tentou convencer o amigo dela em vão. Ficamos naquele clima de "não sei o que vai acontecer", até que ouvimos alguns barulhos. O dono do hotel levantou e foi verificar. Um grupo de religiosos estava chegando ao local. Lore colocou a mão em mim. Ainda que ela estivesse toda vestida, o tecido molhado que Milene usava marcava bem aquilo que eu queria ter o prazer de colocar as mãos. Lore percebeu nossa frequência, estava sempre atenta a tudo o que a circundava. Foi até nossa amiga e a beijou na boca. Milene recuou, num movimento de reflexo. Assustou-se com a atitude de Lorena, depois sorriu sem graça e saiu da água. O dono do hotel estava atento aos movimentos dos religiosos e nada viu. Lore sussurrou ao meu ouvido, "sei que você a quer. Eu também quero." E soltou uma risada de sarcasmo. Eu sabia que era uma pervertida, mas a cada dia me surpreendia mais com ela, e cada dia mais me surpreendia com as loucuras que estávamos fazendo juntos, e cada dia me surpreendia mais com o gosto que estava tomando por aquilo tudo. Não posso precisar qual foi o momento em que meu antigo eu largou a casca e se tornou este que lhes relata isso.

O céu começou a mudar de tonalidade e a temperatura externa também se modificou. Milene nos esperava com as toalhas, e o outro permanecia quieto, observando tudo, principalmente o biquíni de Lore. O filho da mãe devia estar memorizando cada detalhe para depois fantasiar.

Os religiosos começaram a preparar seus objetos para o ritual. Tentei adivinhar a que seita pertenceriam. Seria o Santo Daime? Não, Santo Daime não fazia oferenda na cachoeira, creio eu. Crentes também não enfrentam a natureza para se manifestarem diante de seu poder. Preferem os bancos de igrejas, assim como os católicos. Eram três homens e uma jovem mulher. Vi quando colocaram seus cordões com miçangas e especulei que talvez fossem espíritas. Com um ar de desprezo, o dono do hotel comentou:

– Lá vêm esses macumbeiros sujar a cachoeira.

Então concluí que, de fato, tratava-se de pessoas que mexiam com os espíritos e fazia sentido estarem ali diante da cachoeira, onde o misticismo imperava, segundo a lenda do xamã. Lore não tinha problemas com religiões; gostava de ler sobre budismo; tinha uma Bíblia; na sua casa existia aquela imagem de Jesus; já frequentara centros e outras reuniões ecumênicas. Milene se mostrou indiferente: sua maior questão era apenas preservar o local livre de lixo.

Estavam todos vestidos de branco, suas roupas eram bem bonitas. Lore pegou a toalha e cobriu meu corpo, protegendo-me do frio. Era uma mulher cuidadosa e isso me fazia admirá-la perigosamente. Lore trocou de roupa e pegou nosso baseado. Se aquelas pessoas estavam lá fazendo seus rituais religiosos, acendendo charutos, brindando com cachaça, gargalhando e louvando as entidades da floresta, nós também tínhamos o direito de fazer o nosso. Os mosquitos começaram a nos atacar. Acendemos o *beck* e fizemos uma defumação natural. Maconha linda que Milene havia descolado com alguns amigos. O nosso guia não curtiu nossa sintonia e disse que ficaria no carro nos esperando. Os macumbeiros não estavam nem aí para nós e aproveitávamos ao máximo aquele final de dia maravilhoso.

Questionei sobre o sujeito que não ficava à vontade com nosso cigarrinho, e nossa nova amiga deu de ombros. Ela contou que estava farta daquela cidade e do comportamento provinciano de seus moradores. Disse que havia tempos sonhava em sumir de lá sem deixar rastros e que estava pouco se importando para o que os outros pensavam.

Mas ele, ao chegar no carro, fez questão de usufruir do silêncio do lugar, ligando o som alto no seu ritual de ouvir música sertaneja. Com a onda começando a bater, as gargalhadas dos macumbeiros se juntaram às nossas e logo o ambiente se tornou alegre.

O relógio engoliu o tempo numa velocidade incrível e todo aquele breu era vencido apenas pela luz do farol do carro, e pelas muitas velas espalhadas sobre as pedras que os religiosos acenderam. Velas que deixaram o cenário ainda mais belo. Sentamos um pouco e ficamos observando eles cantarem, dançarem e conclamarem seus conhecimentos sobrenaturais.

Milene disse que acreditava em espíritos. Lore, que acreditava somente nos que ela tinha visto, e eu estava ficando com um tesão danado. Só acreditava na vontade de ficar com as duas.

De repente, o grupo que participava do ritual ficou contemplativo. Um homem, de quem não me lembrava estar ali quando os observei chegando, apareceu com uma pequena gaiola. Não sei o que era ela, mas aquele homem bem mais velho, de barba cerrada e meio careca, trazia, dentro da pequena jaula, um bicho. Demorei a identificar que era um pequeno coelho branco. Lore e Milene estavam distraídas com seus assuntos femininos quando ouvimos um barulho estranho. O homem erguia o coelho branco e falava palavras sem nexo que não conseguíamos entender. Lore percebeu a presença do animal e ficou nervosa.

– Esses desgraçados não vão matar o pobre bichinho – falou.

Pedi calma, expliquei que se tratava de um ritual religioso e que era muito comum ofertar o sangue de bichos para entidades. Lore meteu a mão na arma que estava na bolsa e bradou:

– Que ofertem o sangue de um deles para a entidade! Do coelhinho ninguém vai tirar um pelo.

Milene se assustou com o revólver e pediu a Lore que guardasse a arma.

- Guardo, depois que tirar aquele pobre coelhinho das mãos daqueles imbecis.

E não deu tempo para mais nada. Ela apontou o trabuco para a cabeça do pai de santo, que deu um espirro e em seguida gritou por sua vida. Um dos companheiros pensou que era um assalto e levantou os braços dizendo que só tinha farofa, vela e um frango assado. Levantei-me e procurei um galho ou alguma outra coisa que pudesse servir de proteção, caso alguém reagisse. A jovem mulher que estava em transe ficou girando feito uma louca, largada, sozinha, enquanto todos os outros jaziam com cara de pavor e estáticos.

- Dê-me esse coelho agora! - ordenou Lore.

O homem tentou argumentar. Dessa vez, só pus a mão na cabeça. Como as pessoas repetem os mesmos padrões idiotas! Ele dizia que o coelho era para ser entregue à entidade da floresta como agradecimento pelas graças alcançadas e que também amava os animais, no entanto, precisava, eventualmente, sacrificar alguns deles para que os espíritos reconhecessem sua gratidão e que a tal entidade ficaria furiosa se interrompêssemos a conclusão daquele momento sagrado, e eu torcendo para ele calar a boca para não ter seu próprio sangue junto com seus miolos entregues à divindade florestal.

A mulher que rodava feito uma doida continuava lá, andando em círculos de um lado para o outro como se nada estivesse acontecendo. Perguntei-me se o espírito que ocupava aquele corpo não havia percebido que Lorena estava armada e que todos corriam risco de morte, se não entregassem o coelho à minha companheira. Foi quando decidi intervir e pedi gentilmente que libertassem o pequeno animal. Ainda reticente, o barbudo abaixou as mãos que seguravam o coelho pela orelha e entregou o bichinho para Milene. Lore manteve a mira na direção da cabeça do pai de santo e cheguei a perceber um leve movimento de seus dedos no gatilho, porém, abracei-a com carinho e pedi no seu ouvido que deixasse aquilo para outro dia e que tomássemos o rumo de volta, uma vez que o coelho já estava salvo. Ela foi se afastando com a arma apontada e deixou o coelho com Milene. Logo seguimos a trilha rumo à luz do farol do carro do dono do hotel, que permanecia embrenhado em suas canções sertanejas, deitado no banco do motorista.

Milene entrou com o coelhinho a salvo no carro e partimos deixando os religiosos furiosos para trás. Ainda chegamos a ouvir algumas ofensas, mas preferimos deixá-los a sós com seus espíritos e entramos no carro com nossas coisas e um novo amiguinho.

– Vamos embora! – ordenou Lore.

O motorista, não entendendo nada, fez a besteira de mandá-la deixar o animal na floresta. Já sem nenhuma paciência, Lorena meteu a mão novamente na arma e disse:

– Cale a boca e dirija!

O dono do hotel, que estava num clima totalmente à parte daquele que estávamos deixando para a cachoeira, saiu cantando pneu em direção à estrada de asfalto. Milene manteve-se em silêncio e o motorista tirou o maldito CD que escutava enquanto eu tentava explicar o ocorrido. Ele, que já havia se afastado do grupo por não querer compartilhar de nossa companhia enquanto fumávamos o baseado, pediu que poupássemos sua vida e que faria tudo que ordenássemos.

– Volte para o hotel e boca fechada! – ordenou Lore. E assim seguimos até o lugar de onde saíramos, horas antes.

Quando estávamos chegando, avistamos algumas viaturas da polícia. Fiquei apreensivo e percebi que todos no carro também estavam preocupados. Será que algum dos macumbeiros tinha ligado para a polícia e nos denunciara? Será que lá no meio do mato havia sinal de celular? O dono do hotel não poderia ter feito qualquer denúncia, tendo em vista que estava distraído com suas duplas sertanejas. Poderíamos estar sendo seguidos desde nossa passagem pelas outras cidades? Lore não acreditava na comunicação entre os policiais. Resolvemos arriscar e estacionamos na porta do hotel. Descemos todos juntos como se nada tivesse acontecido; Lorena com o seu novo mascote nas mãos. Passamos pelos guardas sem nenhum sinal de interesse deles por nós. Entramos e ordenei que o dono do hotel subisse conosco. Subimos as escadas e chegamos no quarto. Todos nós teríamos uma conversa muito séria. Voltei-me para o homem e disse:

- Queremos agradecer a gentileza de nos receber aqui em seu hotel e também nos desculparmos pelo mal-entendido nesta tarde lá na cachoeira. Desculpe se parecemos intransigentes com relação ao cigarro de maconha, talvez isso tenha lhe ofendido, mas saiba que nossa intenção era apenas nos divertir um pouco mais, e assim como você levou e bebeu sua cervejinha, espero que entenda que nós gostamos de fumar um baseado.

Ele apenas balançava a cabeça.

Lore tomou a palavra e informou que nós pegaríamos a estrada naquela noite e que pagaríamos pelos quartos o preço cobrado a qualquer outro hóspede. Pegou o saco de dinheiro que roubáramos do pastor e tiramos a quantia necessária para que não houvesse qualquer tipo de favor. Lore puxou sua arma, encostou-a na cabeça do homem sob o olhar complacente de Milene e encerrou o assunto dizendo que se ele abrisse o bico, ela o deixaria vivo para enterrar toda a sua família. No mesmo instante, Lore meteu a mão na bolsa e pegou a carteira dele. Ele estava pasmo. Parece ser um costume de quem tem filhos levar as fotos junto com o dinheiro e os documentos.

- Sei onde você mora, onde mora sua ex-mulher e seus filhos. Se alguém, qualquer um que tenha duas orelhas e uma boca, ficar sabendo do que se passou por aqui, mato todos eles, entendeu?

Olhei para Milene, que permanecia sem qualquer expressão representativa.

- Agora sai já daqui, assuma suas funções, faça nosso *check-out*, que estamos saindo em meia hora! E você, Milene, nos desculpe por tê-la metido nessa encrenca toda.

- Agora podem ir!

Os dois saíram do quarto apressados e em silêncio. Reconhecemos que, por conta do coelhinho, havíamos colocado em risco nossa permanên-

POLVORA

cia, até então sem problemas, por aquela cidade, mas Lore estava feliz por ter salvado o animal, e eu fiquei feliz pela felicidade dela. Algumas batidas na porta nos deixaram em alerta novamente. Lore nem perguntou quem era, já abriu apontando o cano na direção daquele que se arriscou a nos incomodar. Era Milene e trazia consigo uma pequena mala.

– Quero ir junto com vocês, posso?

Olhamos um para o outro e notamos o sorriso que não poderíamos expor na frente dela.

– Pode, sim – disse Lore. – Vamos partir em cinco minutos.

Capítulo 4 – MMML

MMML foi uma sociedade secreta que criei junto com alguns amigos quando éramos bem jovens. Aquela coisa da rebeldia contra tudo e contra todos que estão ditando as regras do momento. O adolescente é aquele que já não é mais criança, logo, não pode se comportar como tal, mas também ainda não é adulto, o que tira uma série de possibilidades para exercer suas ânsias e isso o coloca no meio de uma ponte na qual precisa responder por suas primeiras responsabilidades, muitas cobranças e pouca autonomia. A menos que consiga se estabelecer dentro de um grupo, a vida parece ser um inferno completo, pelo menos para mim parecia ser assim. Por isso, acho tão comum que nessa fase nós tenhamos de nos associar aos outros semelhantes, para que possamos encontrar uma identidade e, consequentemente, estreitar relações que nos ofereçam algum protago-nismo e outras alegrias.

Sempre tive uma conduta muito normal diante da sociedade, talvez pelo fato de ter mãe professora e uma certa harmonia dentro de casa. Não arrumei brigas na escola, não roubei, não tinha o costume de ofender pessoas, sempre respeitei os mais velhos e procurei manter uma imagem exemplar, pelo menos diante dos meus pais. Não existia internet e nem essa circulação livre de conhecimento e informação em minha adolescência. Quando precisávamos fazer trabalhos para a escola, nós só tínhamos o re-curso chamado Barsa. Com exceção da biblioteca da escola, quem possuía uma Barsa ou outras enciclopédias tinha melhores chances de obter boas notas. Agora, é só dar *Control C* e *Control V* no conteúdo encontrado pelo *Google*, que tudo se resolve e sobra tempo para ficar papeando *online*.

Se desejássemos expor uma opinião, quase ninguém ficaria sabendo neste mundo. Não quis ter banda, embora sempre tenha amado música. E nem ser ator, pois fugia do padrão de modelo. Das atividades artísticas da escola eu fugia como um político corrupto foge da justiça. Tive poucos

amigos. A maioria dos colegas de classe gostava de jogar futebol e praticar outros esportes. Eu era um tremendo perna de pau. O máximo que fazia pelo futebol era torcer pelo meu time do coração e pela Seleção Brasileira na Copa do Mundo.

A MMML fez atividades revolucionárias importantes na escola, como, por exemplo, abrir um orifício entre o banheiro masculino e o feminino. Muitos outros jovens devem ter histórias parecidas com essa, porém, esse orifício era um olho mágico estratégico e que jamais fora descoberto. Vimos muitas meninas nuas durante o período que passamos na escola. Até a professora passou pelo nosso crivo. Certa vez, flagramos nossa mestra dando "umazinha" com o aluno mais popular do colégio. Não tiramos fotos e nem espalhamos para os outros alunos. Apenas os membros da MMML tinham conhecimento desse canal.

Se fosse hoje, e se não fossemos nós, e sim os caras mais espertos da escola, talvez tivessem usado o buraco para registrar tudo e, se assim fosse, seria provável que as fotos já circulassem pelos e-mails e sites na internet, acabando com a honra dos envolvidos. Mas isso é especulação, nós sempre mantivemos uma certa ética, e nosso desejo não era a popularidade, ao contrário, era a discrição. Ser popular tem suas vantagens, obviamente, sempre teve. Por isso que as pessoas sonham em ser famosas. Querem as facilidades da vida do popular. Eu também já quis muito. Mas a MMML precisava se manter secreta e esse exercício era o que a tornava mais atraente.

Ao todo, éramos seis membros, porém, Caroço foi convidado a se retirar da escola na oitava série. Ele era o cabeça da nossa sociedade secreta. Era ele quem arrumava nosso bagulho e os livros mais legais que já li. Caroço era tão inteligente que não queria nem saber das aulas e ainda assim tirava boas notas. Seu temperamento era hiperativo, foi um dos primeiros jovens a ser rotulado com essa coisa de déficit de atenção. Sua mãe fora chamada algumas vezes para conversas com os diretores, pois Caroço estava sempre envolvido em alguma encrenca. Seu apelido era Caroço porque ele, uma vez, teve um furúnculo enorme que formou um caroço no dedo do meio. Depois disso, ficou com um problema de líquido que vazava pelas falanges.

Na época, ainda havia o hábito de reunir os alunos no pátio para cantarmos o Hino Nacional. Certa vez, Caroço resolveu dançar durante a execução da canção pátria e os outros alunos começaram a rir. Isso gerou um murmurinho que chamou a atenção da coordenadora. Caroço foi repreendido discretamente, mas quando nossa coordenadora virou as costas, Caroço deu um pulo, girou, desceu até o chão, imitando umas dançarinas famosas, e fez com que todos que estavam próximos quase se mijassem de tanto rir. A professora responsável o pegou pelo braço e o colocou na frente das turmas formadas no pátio. Nosso amigo era um tremendo cara de pau e ficou lá na frente, sério, com a mão no peito, feito um jogador de futebol. A única diferença é que ele sabia mesmo cantar o Hino corretamente sem demonstrar qualquer vergonha por estar destacado do "pelotão". Quando a cerimônia encerrou-se, a coordenadora encaminhou-o para a sala da diretora-geral. O corredor que levava até o QG era em declive e o chão era muito liso. Tínhamos o hábito de correr e descer escorregando até o meio do caminho no retorno do recreio. Aproveitando a ausência dos que estavam reunidos no pátio, Caroço saiu correndo e se jogou como se estivesse dando um carrinho na bola, aos quarenta e nove minutos do segundo tempo, numa final de Copa do Mundo, para livrar seu time do perigo de gol e, nesse instante, a diretora-geral saiu da sua sala. A mulher, que já devia ter quase cinquenta e oito anos, foi atingida na canela e tomou um tombo horroroso, rolando feito uma vaca que escorrega na lama do brejo. Por muita sorte não fraturou nenhum osso e nem sofreu maiores danos físicos. Contudo, nosso querido Caroço foi imediatamente punido com a suspensão por três dias. Estávamos na semana de provas e ele acabou levando zero nas matérias em que se ausentou.

Um mês depois, Caroço se envolveu no problema que culminou com a sua expulsão da escola. Estávamos assistindo à aula de História e havia rolado um baseado no intervalo. Vale lembrar que a MMML fizera um outro orifício nos fundos do quintal da escola, que dava para um bosque. Nós, eventualmente, nos reuníamos nos intervalos e acendíamos nosso cigarrinho para curtir as aulas relacionadas às ciências humanas. Ao retornar à sala, Jurubeba, nosso outro membro importante, inventou de dar pequenas pancadas com a mesa na parede. Na sala ao lado, os alunos revidavam com os mesmos movimentos. Como praticamente todo o nosso esquadrão se colocava ao lado dessa parede, nós intercalávamos as pancadas e a professora ficava sem saber quem era o autor da atividade.

No intervalo para a troca de matéria, a professora de História saiu da sala e os alunos da classe ao lado permaneceram com dois tempos seguidos. Caroço, então, teve a brilhante ideia de pegar a mesa do mestre, que era de uma madeira muito densa, e tomar uma distância razoável para atingir a parede que dividia as duas salas e dar um susto nos meninos que batiam levemente do lado de lá. As meninas, por sua vez, estavam achando graça, e isso era o combustível necessário para levar adiante a ação. Tomamos velocidade e partimos em direção aos tijolos. A pancada foi tão forte que Caroço atravessou a parede e caiu do outro lado, destruindo o patrimônio privado e criando o caos no colégio. O resultado final dessa brincadeira foi uma reunião com nossos pais, fichas de ocorrência, que contavam pontos contra os alunos em caso de uma possível recuperação no fim do ano, e o convite para que Caroço se retirasse de nossa convivência.

Foi um golpe forte na MMML. Caroço foi mandado para um internato e nós ficamos órfãos de suas ideias brilhantes. Deixou de herança alguns livros que compartilhamos por longas tardes, como: *A Erva do Diabo* - Carlos Castañeda, *Medo e Delírio em Las Vegas* - Hunter S. Thompson, *On the Road* - Jack Kerouac, os lindos poemas de Manuel Bandeira, textos de Sartre, Nietzsche, Tolstói, Dostoiévski, Saramago, James Ellroy, Machado de Assis, Lima Barreto e tantos outros que nos proporcionaram uma visão mais abrangente do que quem optava por apenas assistir TV e ler os jornais e revistas da época. Nós tentamos levar a MMML adiante e continuamos nos divertindo com a visão das meninas no banheiro, pichando algumas paredes com nossa sigla - o que para alguns poderia parecer vandalismo, mas era uma divulgação misteriosa, já que ninguém sabia do que se tratava e nem quem eram os autores –, fumando maconha no bosque na hora do intervalo, trocando discos legais que faziam nossa trilha sonora muito diferente do funk, do pagode, do axé e de outras porcarias que os meninos de nossa escola gostavam. Enquanto eles aprendiam aquelas coreografias patéticas, nós assimilávamos as lições de Raul Seixas, Mutantes, Secos e Molhados, Camisa de Vênus, Legião Urbana, Olho Seco, Devotos do Ódio, The Doors, Led Zeppelin, Black Sabbath, AC/DC, Novos Baianos, entre outros grupos que divertiam nossas reuniões. A MMML também possuía um acervo legal de revistas pornográficas que conseguíamos clandestinamente nas bancas de jornal. Se hoje basta colocar *www* e o nome de algum site para que surjam milhares de opções para amar a si mesmo, naquela época não havia tantas facilidades. Possuíamos alguns filmes em VHS de sacanagem, aos quais assistíamos na casa do Galdino, quando seus pais estavam trabalhando.

Perder a virgindade era o objetivo maior de todos na MMML, e o primeiro a consegui-lo, depois do Caroço, fui eu. Graças à empregada que trabalhava na casa do Lobinho. Volta e meia eu dormia por lá. Nós gostávamos de jogar Atari e ficar conversando até pegar no sono. Numa dessas noites, tramei minha ação. Esperei todo mundo dormir e, em seguida, fui até a cozinha. Eu e Rosinha conversávamos e ela sempre me deixava ver seus pêlos. Naquela época, ainda não existia esse ritual de depilação. Eu ficava louco quando ela afastava a calcinha para o lado e me deixava ver aquela floresta densa e negra. O primeiro seio que coloquei minha boca por prazer foi o dela. Era meio caidinho e com uma cicatriz no bico. Ela tinha levado uma facada aos dezesseis anos, mas isso para mim pouco importava. Pra quem não tinha nada, um seio com cicatriz estava ótimo. A gente ficava na cozinha, mas nunca chegávamos até o final.

Mas naquela noite foi diferente. Com todos adormecidos, invadi o quarto de Rosinha e entrei debaixo do seu lençol. Ela pegou meu pênis e o colocou na boca, e como estava muito ansioso com aquela situação, quase gozei num segundo. Rosinha me ensinou então uma técnica que passei a usar sempre. Ela dizia: "Quando estiver com vontade de gozar, pense num cachorro morto estraçalhado no meio da rua. Visualize bem a imagem do cão e depois repita sem parar, cachorro morto, cachorro morto, cachorro morto." Segui seus conselhos e enquanto ela me chupava eu pensava no cachorro da minha prima estraçalhado no meio da rua. O cachorro dela era um poodle chato pra diabo, e eu conseguia ver o cachorrinho nitidamente lá, esmagado por um caminhão de lixo. Claro que jamais teria coragem de jogá-lo debaixo de um caminhão de verdade, mas serviu para que eu conseguisse não ejacular precocemente.

Finalmente chegara o momento da minha primeira penetração, e essa foi a parte mais complicada. Tentei a primeira vez, mas não consegui achar o orifício. Ela pegou e tentou enfiar novamente, mas ele escorregava pra fora. Quando finalmente consegui, tive de pensar novamente no cachorro morto. E pensei muito no cachorro despedaçado

Voltei leve para meu colchão, com a sensação de que agora legitimara minha realidade masculina. Queria contar para todos os meus amigos. Naquela época também não existia celular, então me contentei em contar apenas para o Lobinho, que obviamente não acreditou. Ele disse, num transe entre o sonho e a realidade:

"Vai à merda e me deixa dormir, porra! Isso foi só mais um sonho!"

Mas não havia sido um sonho. Minha primeira vez tinha acontecido mesmo com a Rosinha. Ah, Rosinha...

A MMML se diluiu de vez quando Cardoso foi morar nos Estados Unidos. Nós já havíamos perdido o acesso ao bosque. Caroço estava no internato. Lobinho e Jurubeba mudaram de turma quando passamos para o segundo ano e Galdino repetiu a série. A sigla ficou como lembrança de um tempo muito divertido em que compartilhávamos o interesse por Mulheres, Música, Maconha e Livros. Tenho saudades daquela época e gostaria muito de saber o que andam fazendo meus antigos amigos.

Será que eles imaginam o que eu estou fazendo da minha vida neste momento? Creio que não, porque jamais imaginei que me desgarraria de toda aquela minha vida protocolar, para viver uma paixão como essa a que estou entregue. Ficou meu gosto por todas aquelas bandas e artistas que levo hoje no meu mp3. Ficou o amor pelos livros e pelas mulheres. Ficaram os conhecimentos e as experiências da rua, da vida no mundo real. Continuo gostando de fumar um baseado, embora hoje tenha consciência de que seja fora da lei. Mas que lei é essa? Continuo achando isso uma babaquice sem tamanho. Ninguém tem o direito de me dizer o que devo ou não fazer com meu corpo ou com minha mente. Já não sou mais adolescente e isso não é uma atitude de rebeldia como pode parecer. Além do mais, se esses políticos podem encher a pança de uísque e relaxar, por que não posso fumar meu *beck*? Compro minha maconha dos meus amigos que têm pequenas plantações caseiras, mas já comprei de traficante também, e só comprei de traficante porque não posso comprar na drogaria. Se querem que seja assim, então que se danem. Ninguém vai deixar de comprar nem de fumar porque a hipocrisia e a falta de conhecimento sobre o assunto mantêm a sociedade escrava de uma opinião imbecil.

Certa vez, uma pessoa me disse: "Droga é uma droga." Então eu lhe disse: "Tudo bem, quando você estiver doente, coma bombom porque bombom é bom".

Capítulo 5 – A noite preta

Partimos em direção ao sul. Milene começou a falar feito uma doida. Falava pelos cotovelos, parecia que estava havia tempos querendo compartilhar algumas de suas histórias pessoais com alguém e atribuiu a nós sua salvação daquele lugar careta. Eu havia tido uma ótima impressão da cidade. Gostei do bar, da cachoeira e até do hotel. Contudo, uma coisa é passear numa cidade como essa; outra, é viver. Milene contava que seu sonho era ir para a capital, pois desejava estudar astrologia e ganhar seu próprio dinheiro. Seria sua chance de se livrar da dependência dos pais, de uma vez por todas, mas principalmente de se livrar dos ataques de uma de suas tias que sempre a importunava, insinuando que ela era uma inútil, que não fazia nada por ninguém e vivia parasitando os pais. Dizia que já tinha idade para ter seu próprio emprego e que deveria tomar vergonha na cara, arrumar um marido e construir uma família. Dizia com muita convicção. Ela dizia mais um monte de coisas estúpidas, devia falar pelos cotovelos também, mas o mais estranho era que a própria tia não era casada, não trabalhava e nem tinha curso superior, segundo nossa amiga.

Milene não sonhava em ser atriz, nem modelo, nem apresentadora de programa infantil, nem dançarina e nem qualquer lixo desses que dá status e fama. Queria apenas ter seu próprio dinheiro a partir de um trabalho comum que lhe garantisse alguma estabilidade, para, então, se estabelecer num lugar em que regesse sua vida de maneira independente. Faria mapa astral para os que desejassem saber seu futuro. Abriu um pouco mais seu coração e toda aquela história do xamã na cachoeira passou a fazer mais sentido para mim. Milene possuía conhecimentos muito interessantes sobre ocultismo e passamos a tarde toda na estrada conversando, rindo e fumando nosso baseado. Colocamos o único disco que ela trouxe, que passou a ser a trilha sonora da viagem. O instrumental de uma banda chamada "The Bambi Molesters". Baita som inspirador!

Paramos para comer próximo a uma borracharia que, por sua vez, ficava no anexo do posto de gasolina que, por sua vez, dava abrigo a uma lanchonete. Entramos no boteco e percebi um daqueles pastéis que envelhecem, mostrando-se sem ser escolhido por nenhum freguês. Mas é exatamente assim que gosto do pastel, depois que ele já está frio e passado. Pedi uma Coca-Cola. Não gosto muito de refrigerante, porém essa Coca-Cola da garrafa de vidro não dava para desprezar. Meu avô que dizia que a Coca-Cola mistura na fórmula alguma coisa estranha que deixa a pessoa viciada. Esse meu avô, por parte de mãe, gostava tanto do refrigerante que só dormia depois de tomar a sua dose de encerramento do dia. Na casa dele faltava água, luz, cortava o telefone, mas não faltava Coca--Cola. Ele tomava Coca-Cola quente. Tomava sem gás. Tomava com aquele gelo que se forma quando se esquece a garrafa no congelador. Tomava de qualquer jeito! Até para tomar remédio ele preferia Coca-Cola. Se quisesse desentupir um ralo, jogava Coca-Cola. Usava Coca-Cola para tudo. Dizia que a comida ficava melhor quando acompanhada de uma Coca-Cola. Meu avô era um "expert" em Coca-Cola.

Já passavam das onze horas da noite e o local estava ermo. O homem que nos atendeu perguntou se iríamos querer algo, pois estava encerrando o expediente na cozinha. Em outras palavras, ele estava nos mandando embora. A verdade é que aquela cozinha já devia estar fechada havia meses, contudo, entendemos a pergunta e nos retiramos, mas não antes de ingerir mais um delicioso pastel velho e tomar outra Coca-Cola. Pagamos a conta e voltamos para o carro.

A borracharia estava fechada e uma placa indicava o número de telefone em caso de emergência. Só havia um funcionário no posto. Lore pegou um recipiente e foi até a bomba de gasolina. Pediu ao funcionário que o enchesse, pagou e voltou com dois litros de combustível. Achei que fosse uma reserva para o carro, mas Lore deixou o recipiente com Milene e me levou até o banheiro. Não sei se dava para chamar aquele cubículo imundo, com uma fossa no meio, de banheiro, mas era onde os passantes deixavam suas necessidades fisiológicas à exposição, como um museu de fezes. Talvez algum crítico de arte, desses superinteligentes e cultos, pudesse enxergar naquilo uma superexposição contemporânea de arte moderna. Depois, entramos todos no veículo e saímos cantando pneu.

Dirigimos por uma estrada sem qualquer sinalização ou traço de luz que não fosse os faróis dos poucos carros que passavam. Rodamos por mais uma hora até chegarmos a um pequeno povoado. Já era bem tarde, não existia uma alma viva andando pelas ruas. Conhecemos os dez cruzamentos que configuravam a cidade e não encontramos um hotel. Quem, afinal de contas, iria precisar de hotel naquele lugar? Sugeri que dormíssemos no carro. Milene informou que 67 quilômetros adiante existia uma cidade um pouco maior e lá conseguiríamos uma cama confortável para dormir. Sem dúvida, seria melhor que baixar os bancos do automóvel. Aceitamos a sugestão e retornamos para a péssima estrada novamente com o som ligado e um certo cansaço. Quase entramos mato adentro numa curva escura sem qualquer indicação do perigo.

Isso provavelmente se deve aos bandidos que ganham dinheiro com asfaltamento e à administração das estradas estaduais. As únicas estradas que pegamos e prestavam, cobravam pedágio. Um absurdo total. Xingamos até a oitava geração dos responsáveis por aquele espaço. Uma daquelas curvas poderia ter nos mandado para outra dimensão.

Milene achava ótima a ideia de obrigar os políticos a, se forem eleitos, usar o serviço que ofereciam ao povo, mas fez questão de ressaltar que quem os colocava lá era exatamente quem precisava desses serviços depois. Lore era mais pragmática.

- Essa gente não tá nem aí pra isso, não! Eles só votam porque são obrigados! Acho que é bem feito! Já trabalhei em posto de saúde e sei qual é a realidade. Se tiver a cervejinha e o futebol no fim de semana, não importa se os filhos estudam ou se precisam ficar horas numa fila de hospital. Não vê? Eles enfrentam a polícia, aglomeram-se para torcer por seus times de futebol, mas quando precisam se juntar pra reivindicar seus direitos, onde eles estão? Então, se não sabem escolher e não sabem cobrar seus direitos, que se danem todos. Sofram bastante pra criar vergonha na cara!

- Minha mãe foi professora - ressaltei -, sei bem como ela chegava acabada em casa. Hoje em dia, com essa rede de "fast-food" educacional, o Estado precisa aprovar os alunos de qualquer jeito e, nas redes particulares, quando o filho não passa, o pai o tira do colégio ou da faculdade e o coloca em outro lugar onde ele não corre o risco de ser reprovado. Esses são os nossos profissionais que, por exemplo, tomam conta de estradas como esta.

Milene me reprovou. Observou que esses profissionais não teriam espaços no mercado, mesmo que existam alguns poucos que compram suas vagas. Fosse o que fosse, esse papo de política estava me dando ainda mais sono e vontade de urinar. Lorena me pediu para esperar um pouco até que chegássemos à cidade. Ela achava um absurdo homem urinar no passeio público ou até mesmo na beira da estrada. Disse que tinha vontade de brincar de tiro ao alvo com quem urina como se estivesse em sua casa. Achei que aquele recado fosse para mim e calei minha boca.

Dez minutos depois, no meio da escuridão, pelo retrovisor avistamos uma luz forte que começou a se ampliar numa velocidade bem grande. Era uma estrada de mão dupla. O carro vinha cada vez mais rápido e aumentou o farol, quase nos cegando. Lore se irritou. Dava para ver que era uma caminhonete e o motorista estava fazendo uso de seu poderoso jogo de faróis de milha. Lore reduziu a velocidade e o cara do carro de trás deu uma piscada, depois duas, depois três, e isso nos deixou atentos. O motorista, então, cortou pelo lado esquerdo e emparelhou fazendo sinais pornográficos com seu dedo. Perguntei a Milene se poderia ser alguém que estivesse vindo atrás dela, talvez algum ex-namorado, algum primo, qualquer conhecido, e ela deu um sorriso que, até então, eu desconhecia e disse:

- Acho difícil alguém ter sentido minha falta.

Menina estranha. Foi a última coisa que pensei antes de quase bater com a cabeça no vidro do carro. O filho da mãe tinha nos dado uma fechada e quase acertamos sua traseira. No banco do carona, um rapaz fez gestos indecentes para nós e em seguida colocou meio corpo para fora e começou a jogar cerveja para o alto. Estava completamente alterado.

Gargalhava e cantava uma música horrorosa. Lore ficou brava e acelerou o carro, batendo na traseira do infeliz. Então os dois automóveis pararam no acostamento e logo procurei minha barra de ferro. Milene ficou bem quieta e Lore meteu a mão no ferro. O motorista desceu e veio andando em nossa direção aos berros. Seu amigo permanecia rindo no banco do carona e gritando qualquer bobagem de incentivo ao parceiro. Quando ele estava bem perto e enfiou o rosto próximo ao vidro, entrou na linha de mira de minha companheira. Lore apontou o revólver para a cabeça do idiota, que imediatamente recuou. Lore avisou, com sua voz firme:

– Se der um passo para trás, espalho seus miolos pelo asfalto.

Ele levantou os braços e eu saí do carro com aquela sensação de poder que outrora me fazia sentir vivo. Fui em direção ao palhaço que estava no carro deles, e acertei minha barra de ferro em sua cabeça, abrindo um talho gigantesco na testa. Ele caiu desacordado. Abri a porta e joguei seu corpo no mato que cercava o acostamento. Em seguida, desliguei o rádio com aquela música de corno. Era um rock meloso como se fosse um pagode.

Lorena continuava com o motorista na mira e dizia um monte de coisas, como nos filmes de ação:

– Que porra você tem nessa cabeça, seu playboy de merda?!

O sujeito tentou argumentar, disse que era uma brincadeira, que ele só estava querendo nos assustar. Contou que estavam numa *rave*, numa fazenda próxima dali, e que beberam um pouco, tomaram uma bala, dançaram a noite toda e se esfregaram nas meninas, que estavam felizes e excitados e voltavam para casa quando seu amigo fez uma aposta de que nós iríamos para o acostamento na terceira piscada do farol.

– Se por acaso saíssem, ele me daria um engradado de cerveja, caso contrário, eu teria de jogá-los para o acostamento e insultá-los – explicou.

Olha a mentalidade desses caras!, pensei. Será que os pais desses idiotas sabem o que seus filhos andam aprontando?

– Drogado de merda! Até pra usar droga tem de ter responsabilidade – eu disse em voz alta.

TICO SANTA CRUZ

Ele continuou a falar um monte de coisas sem nexo – estava com muito medo mesmo – e eu o interrompi novamente e gritei:

– Não se argumenta com alguém que está apontando uma arma para você, seu imbecil! Por que diabos todo mundo tem essa mania cretina? Somente cale a boca! Não nos importa o que você estava fazendo até o momento. Importa é que agora você está muito, muito, muito fodido. Importa que nós vamos arrancar seu coração, vamos pisá-lo muito! Está vendo aquele coelho ali no nosso carro? Pois ele vai pisar nos seus miolos!

Agora, olhando de longe e me distanciando da cena, faço uma autoanálise de que me transformava numa outra pessoa toda vez que isso acontecia. O pior de tudo: passei a gostar de ser assim. Milene acompanhava tudo de dentro do carro, passiva e aparentemente assustada, segurando nosso coelhinho branco. Lore ordenou:

– Traga a garrafa com gasolina para mim, por favor!

Milene deixou nosso amigo coelhinho trancado e desceu do carro com a garrafa de combustível.

– Agora você, seu filho da puta, desliga a porra dos faróis dessa merda e pare bem diante dele!

A vítima obedeceu e andou uns dez metros para frente. Sempre de braços erguidos. Para o azar dele, nenhum veículo se interessou por nosso momento.

– Ajoelha! – ordenou Lore.

Ele se ajoelhou já quase chorando, com a arma apontada em sua direção.

– Milene, dá um banho de gasolina nesse filho da puta, começando por esse cabelo ridículo!

– Quem cortou seu cabelo assim, seu merda? – perguntei, pensando em arrancar aquela franja com uma faca.

Ele só chorava. Milene não se fez de rogada e, com aquele sorriso no rosto, foi até o homem e derramou todo o conteúdo, gargalhando e colocando uma das mãos na boca. Era fofo quando ela fazia esse gestual.

Ele continuou a chorar e a chamar pela mãe. O cheiro da gasolina invadiu o ambiente. Quando olhei novamente para o amigo dele que eu havia

55

POLVORA

nocauteado e jogado para escanteio, o bobalhão estava de pé, preparando-
-se para correr. Quando partiu, dei-lhe uma banda por trás e ele caiu de
joelhos no chão. Estava bêbado, não devia ter sentido a pancada com a
barra de ferro. Então bati com a mesma vontade com que um jogador de
baseball acerta seu taco na bolinha para conseguir os aplausos da torcida.
Primeiro acertei as pernas; ele deu uns gritos de horror. Depois fingi três
vezes que acertaria seu crânio. Ele colocava as mãos para se proteger e
aquilo me divertia muito. Na quarta, não tive piedade e mirei na altura de
seus ouvidos. O meu bastão ganhou cores vermelhas e o rapaz então calou
o bico e parou de mover as mãos. Deu alguns espasmos, mas não fiquei
para ver seus últimos minutos de vida, porque Lore precisava de mim.

Quando voltei até as meninas, o motorista estava todo encharcado,
parecia que tinha tomado um banho de chuva. Milene colocou novamente a
garrafa no carro e voltou com um cigarro aceso. Nem sabia que havia cigarros,
pois que eu me lembre, ela nem fumava antes disso. Não houve tempo de
impedi-la. Ela jogou o cigarro aceso no rastro da gasolina e o fogo se alastrou
até atingi-lo. No desespero, ele se levantou e saiu correndo em chamas pela
estrada escura. Aquilo se tornou um perigo iminente, porque o cidadão saiu
em alta velocidade, vagando pelo meio da estrada e poderia ser atropelado
a qualquer instante. Seria um acidente horrível e não queríamos que nenhum
inocente se envolvesse no problema que apenas a nós pertencia. Quando ele
se aproximou do acostamento, Lore deu dois tiros certeiros e a vítima caiu
no chão e ficou imóvel. Milene estava muito eufórica. Estava adorando aquilo
tudo. Dava tragadas num outro cigarro que acendeu. Acho que foi ali que começou a fumar de verdade. Lore e eu nos beijamos e depois demos um abraço
em Milene. Entramos no nosso carro depressa e saímos rumo à próxima cidade para que pudéssemos dormir um pouco. Quando olhamos para trás, vimos
apenas uma grande fogueira iluminando o céu de brigadeiro que fazia naquela
noite. Logo os bombeiros ou a polícia apareceriam para tirar o churrasco humano da beira da estrada. O outro não se recordaria nunca mais de nada.

Aumentamos a velocidade do carro e Milene passou a acariciar os
cabelos de Lore. Em seguida, aproximou-se e beijou sua boca. As duas en-

traram num êxtase contagiante. Peguei o volante e mantive a direção sob controle. A estrada não era propícia para aquele momento. Lore passou a quinta e depois me acariciou por cima da calça. Eu queria muito parar no meio daquele breu, mas ainda estávamos muito próximos do local onde deixáramos as duas vítimas e não precisávamos correr o risco de sermos associados àquela bela fogueira. Milene retornou ao seu encosto com o coelhinho branco no colo e em seguida fez um pedido muito pertinente. Queria que Lore a ensinasse a atirar. Disse que finalmente havia encontrado seus parceiros ideais e que, quando assistia àqueles filmes nos quais pessoas saíam por aí feito loucas, matando, ela sempre se identificava muito. Era fã de Tarantino, de Rob Zombie e de Oliver Stone. Agora esses filmes eram uma realidade.

Milene cometia seu primeiro homicídio, e não era um qualquer. Ela ateara fogo num bêbado drogado, sem-vergonha e abusado, que tentara nos matar no meio do caminho. Milene agora era a mais nova integrante da família que estávamos constituindo. É claro que não nos esqueceríamos do nosso coelhinho branco que assistiu a tudo aquilo de longe, tranquilo e sem demonstrar qualquer reprovação.

Não sabemos o que se passa na cabeça dos animais. Talvez eles tenham uma linguagem própria, talvez consigam pensar, sonhar, sorrir e chorar apenas de forma diferente dos humanos. Não sou prepotente a ponto de ignorar que os bichos possuam sentimentos e, quiçá, entre eles, possam desenvolver diálogos profundos. O que estaria passando pela cabeça de nosso amiguinho? "Bem feito para aqueles rapazes malvados! Eles quase nos mataram, não é, amiguinhos?" Foi o que imaginei que ele pudesse estar dizendo com o olhar todo carinhoso que demonstrava. Pouco importa. Nunca saberemos. O que me interessava era chegar logo ao hotel e dividir minha primeira noite com as duas meninas. Era o que eu mais queria naquele momento.

Após longos quarenta minutos, chegamos à cidade que Milene nos indicara. Na beira da estrada havia um hotel. Não era nenhuma maravilha, mas serviria para passar o que restava daquela madrugada. Estacionamos e

POLVORA

fomos direto para a recepção. A porta, porém, estava trancada e não havia uma campainha ou algo parecido para que pudéssemos chamar a atenção do empregado que babava deitado no sofá diante da TV ligada. Lore deu pequenas pancadas no vidro e nada. Milene tentou chamá-lo e também não conseguiu. Então tive de chacoalhar a porta com um pouco mais de energia e o barulho assustou o cidadão, que pulou imediatamente, limpou a baba e veio em nossa direção.

– Queremos um quarto para passar a noite – disse Lore.

– Infelizmente, estamos lotados.

– Como, "estamos lotados"? Não tem nenhum carro parado no esacionamento!

– O hotel está em obras. Sinto muito, só temos três quartos disponíveis e eles estão ocupados.

– Senhor, não somos exigentes, como bem percebeu. Podemos ocupar algum desses quartos que está com a obra mais adiantada?

– Que horas pretendem sair?

– Vamos sair assim que acordarmos. Estamos muito cansados e não conseguiremos dirigir mais nem um minuto. Poderia nos fazer essa gentileza?

– Tudo bem, darei a chave do quarto do proprietário do hotel. Ele retorna apenas amanhã à noite. Vocês podem dormir por lá, tem uma cama sobressalente. Mas o pagamento é adiantado!

Olhei a tabela de preços e concluí que aquilo deveria ser uma pocilga. O quarto mais caro custava trinta e cinco contos. Não que esperasse algo com mais de meia estrela num hotel de beira de estrada, mas aquele deveria estar devendo estrelas para o estatuto.

– Oitenta reais – avisou o cidadão.

– Como, oitenta reais? O quarto mais caro não passa de quarenta! – questionei.

– Como lhes disse, senhores, é o quarto do chefe, o hotel está lotado. Se não quiserem, podem ir embora.

Milene pegou a bolsa, mas Lore a impediu de gastar seu dinheiro.

58

- Dê-me as chaves! - disse Lore.

No saco de supermercado do pastor, ainda havia uma quantia razoável. Igreja realmente é um bom negócio. Pegamos o dinheiro e entregamos na mão do homem, que imediatamente enfiou no bolso com um sorriso em que faltavam os dentes e nos entregou a chave para, em seguida, nos encaminhar ao "quarto do chefe".

Só queria entrar e tomar um banho. Até minhas ideias primárias haviam sido colocadas de lado. Estava muito cansado e precisava dormir um pouco. A próxima etapa seria minha vez de dirigir.

O homem nos instalou naquele lugar bizarro e seguiu de volta para seu sono de justo. Lore imediatamente se jogou na cama e Milene foi até a cozinha do hotel, na esperança de tentar arrumar algo para o coelho comer. Deixei as bolsas no chão e entrei correndo no banheiro. Há dois dias eu não conseguia fazer uso da privada. Depois de algum esforço, finalmente consegui me livrar do que tinha no intestino. Então, liguei o chuveiro e fiquei mirando as gotas de água para conseguir tomar um banho. A toalha era uma porcaria, mas nem podia dizer que havia me molhado tanto. Voltei para o quarto morto de cansado, louco para dormir.

Qual não foi minha surpresa quando abri a porta?

Capítulo 6

– Milene, você fez o quê?

Milene estava aos prantos.

Imediatamente tomei partido, achando que tivesse acontecido algo ao nosso pequeno coelhinho.

– O que fizeram com o coelho?

Lore me olhou com uma expressão de repreensão. Voltou a olhar para Milene. Percebi que aquele sofrimento estava deixando Lore excitada, mas achei melhor não insinuar nada. Milene chorava de verdade, Lore acariciava seus cabelos com carinho, como se fosse uma irmã gêmea. Deitei na cama separada e fechei os olhos. Tentei relaxar, mas não consegui. O olhar de Lorena me deixou impaciente. Fiquei tentando descobrir o que aquilo gerava em mim. Nós não havíamos legitimado qualquer ação, embora a intenção estivesse no ar. Lorena tentou acalmar Milene e disse em voz alta:

– Milene acaba de me dizer que matou os pais antes de fugir conosco!

"Como assim, matou os pais? Pra quê?", pensei.

Em seguida, perguntei, tentando manter uma frieza calculada:

– Matou seus pais, Milene, e pra quê?

Lore pediu, gentilmente:

– Conte-nos como fez isso.

Aquilo não fazia o menor sentido. Filhos não matam pais!

– Matei meus pais! Eles estavam praticamente mortos, depois de tudo que aconteceu com meu irmão e minha avó. Minha mãe tentou se matar algumas vezes e meu pai se tornou um alcoólatra. Bebia todos os dias. Havíamos tentado livrá-lo do vício de todas as formas possíveis para quem não tem muitos recursos financeiros. Levamos ele a um hospital público, mas o sistema não oferece esse atendimento em todos os lugares. A desintoxicação custa caro em clínicas particulares e nós não tínhamos condições de bancar o tratamento.

– Era uma vida de merda. Aposentou-se e passou a viver dos proventos da Seguridade Social, para a qual contribuíra a vida inteira. O que sobrou para ele? Mixaria. Foda-se! Eu amava meus pais, amei a vida inteira. Sempre tivemos uma relação familiar, que pode ter passado por ciclos inconstantes, mas existia um carinho permanente entre nós. Fiz um favor a eles. Minha mãe tentou suicídio, mas não conseguiu. Ela não fez para se exibir, ao contrário de alguns que querem apenas chamar a atenção e enchem a cara de remédio, no geral, sabendo que alguém irá salvá-lo, ou deixando algum vestígio de informação. Quem quer se matar dá logo um tiro na cabeça. Minha mãe tentou se matar com gás. Mas falhou. Ficou lá arriada, de quatro com a cabeça dentro do forno, inalando o gás. Acontece que meu pai chegou completamente chapado em casa e procurou por ela. Não encontrando, foi até a cozinha preparar algo para comer e, quando lá chegou, sentiu o cheiro do gás e tropeçou por cima dela, que se mantinha de quatro, com a cabeça enfiada dentro do forno. Assim ela falhou na primeira tentativa. A segunda foi ainda mais frustrante. Minha mãe decidiu que iria se enforcar. Comprou uma corda e encontrou um camelô que vendia até um enforcador. Decidira que iria se pendurar no ventilador de teto. Queria uma morte glamourosa, como via nos filmes. Um belo dia, ouvimos o barulho de algo caindo no chão. Achamos que pudesse ter sido algum saco de roupa ou qualquer objeto que fizesse aquele barulho oco. Punf! Caiu. Corri para ver que tinha acontecido. Quando entrei no quarto, estava minha mãe sentada no chão, com a corda no pescoço e o ventilador por cima dela, com os fios todos saindo do teto. Seu rosto estava apático, cheio de pó de gesso. Uma cadeira derrubada do lado e uma sensação de frustração que vocês não podem imaginar. Perguntei à minha mãe o que ela havia tentado e ela respondeu monossilabicamente:

– Tentei me enforcar.

– Como tentou se enforcar, mamãe? De novo?

– Ela começou a soluçar e a peguei no colo com carinho. Quando decidi matá-los para fugir com vocês, optei pelo não sofrimento deles. Pelo fim de toda essa angústia. Pelo fim dessa vida escrava de uma substância química, pela realização do sonho de mamãe, que era morrer.

"Meu Deus do céu!", pensei. Se ela deixou rastros, estamos ferrados. Vão ligar um fato ao outro e, se juntarem com o do povo da macumba, lá da cachoeira, pior ainda!

Então, coube a mim a pergunta:

– Afinal, como você os matou?.

Milene se levantou com o prazer de quem vai contar um grande feito:

– Meu pai havia chegado mais cedo do bar, completamente bêbado. Ele estava tão prejudicado pelo álcool que já apelava para o perfume. Então, com ele não precisava me preocupar. Estava completamente fora da sua sanidade. Usava o álcool para se anestesiar do que lhe tirei. Ele não queria mais estar naquele corpo ali presente. Entendem? Daí, ele se deitou no sofá e dormiu. Estava no horário de a minha mãe tomar seus remédios para dormir. Então, misturei algumas gotas a mais, para que ela pegasse no sono mais rápido. Não queria perder muito tempo. Com os dois sedados, ela com antidepressivo que comprava de um médico amigo, e meu pai com muitas doses de cachaça que se vendia no bar, fui até a cozinha e coloquei uma chaleira com pouca água para ferver, certifiquei-me de quando o recipiente começou a pegar fogo. Deixei próximo ao fogão um tecido de fácil combustão e um rastro de álcool que levava até a garrafa. Então, ao ouvir o barulho, retirei--me com essa pequena mala e tranquei todas as portas e janelas. Fui me afastando, sentindo o cheiro da fumaça e ouvi quando os vizinhos gritaram, tentando ajudar. Um deles tentou ligar para a polícia, mas ninguém atendia. Um outro conseguiu falar com os bombeiros, mas cidade pequena é diferente. Quando eles chegaram, a casa já tinha tombado. Era uma casa boa, porém humilde. Tenho certeza de que eles não sentiram absolutamente qualquer dor. Talvez nenhuma dor física fosse tão forte como o tormento que estavam sofrendo dentro de suas cabeças. Culpa do meu irmão. Daquele desgraçado do meu ex-namorado.

Confesso que fiquei espantado com a maneira quase poética como ela explicou ter matado os pais. Quase uma advogada de defesa. De fato, não devia ter sobrado nenhum rastro e ela conseguira escapar. Mas os vizinhos poderiam tentar descobrir e enviar alguém atrás de nós.

Ela parecia ter lido meus pensamentos:

- Ninguém viu quando eu saí. Ninguém viu quando entrei. Logo irão me procurar, sim, para dar a notícia, e eu farei o que me cabe, que é lamentar a morte, como realmente estou me lamentando agora, e me isolar. Depois do escândalo com meu irmão, ninguém mais falava com a gente. Eles devem estar dando graças a Deus pelo incêndio.

Achei aquilo um pouco exagerado. Ainda que tenhamos raiva de um vizinho, não creio que torçamos pela morte deles, queimados dentro da própria casa. É possível que desejemos a mudança, a liberação do lugar; agora, a morte?

Enfim, acreditamos na história dela.

Tentei não pensar mais naquilo tudo. Lore continuou acariciando seu cabelo até que nossa amiga conseguisse dormir.

Foi a primeira vez, depois de todo esse tempo juntos, que passei a noite longe de Lore. Adormeci numa cama e elas, na outra. Fiquei com saudades do cheirinho do seu hálito matinal.

Acordamos por volta de meio-dia. A hora do desjejum havia passado, não haveria almoço e não tínhamos nada para comer. Resolvemos pegar o carro e desaparecer daquela espelunca. Nosso objetivo era chegar próximo ao litoral e tirar um tempo para nos divertir como uma família normal.

Novamente rumamos por uma estrada muito esburacada, até chegarmos a um lugar onde pudéssemos fazer nossa primeira refeição do dia: um posto de conveniências.

O "self-service" oferecia alguns bons pratos diferentes de todo tipo de comida e, exceto Lore, que estava dirigindo, Milene e eu fumamos um baseado e ficamos numa larica sem precedentes. Lore não gostava de maconha para dirigir. Dizia que ficava muito lerda, sem vontade.

Escolhemos o cardápio e pegamos algo para beber. Todos em volta faziam o mesmo. Cada qual ali deveria possuir suas histórias, suas manias, suas bizarrices.

Comecei a viajar em cada pessoa que estava se alimentando e me concentrei na sobrancelha delas. Fiquei acompanhando cada expressão, cada movimento, e aquilo me divertiu. Porque cada sobrancelha tem um formato muito diferente e cada ser humano tem uma forma peculiar de movê-las. Tirando as expressões clichês, que seriam os "hits" das sobrancelhas, as não calculadas eram bem engraçadas. Desejei compartilhar com as meninas, mas lembrei que Lore estava careta. Entrei na "nóia" de que ela poderia achar ruim e percebi que era o começo de uma *badtrip* totalmente dispensável. Lore e eu, desde que nos conhecemos, não tivemos qualquer conflito, qualquer problema. Entendemo-nos muito bem; apaixonamo-nos. Estamos vivendo um momento de transformação, de libertação. Merecemos esses momentos juntos. Lentamente fui me convencendo de que estava variando um pouco e precisava me controlar melhor. Entrei numa nova paranoia de que elas perceberiam que eu estava tentando disfarçar algo e poderiam desejar saber de que se tratava. Talvez eu pudesse inventar alguma mentira e isso poderia causar um desentendimento desnecessário. Percebi que estava tendo uma viagem muito errada e decidi me concentrar na minha comida. Feijão, feijão, feijão. Repeti mentalmente algumas vezes. Concentrei-me no feijão, no arroz, no frango. O frango, o refrigerante, o gás do refrigerante, que lembrou a mãe de Milene de quatro na frente do fogão, o que gerou certa angústia, e acho que alguém percebeu. Não tenho certeza, mas aquele ambiente começou a virar um lugar cheio de olhos, bocas... Achei que estavam todos olhando pra mim. Resolvi me levantar e ir ao banheiro. Decidi molhar um pouco meu rosto. Já fazia um tempo que não entrava nessa "nóia". Por sinal, a última foi quando comecei a fumar e isso já fazia muito tempo.

Na ocasião, estávamos na cobertura de um amigo e decidimos acender um baseado. Eu era meio desconfiado, mas aceitei fumar uma vez e acabei simpatizando com a erva. Naquela ocasião, quando já estávamos todos meio altos, entrei numa de que, se pegássemos o elevador, iríamos morrer. Iríamos cair no poço. Estava ouvindo vozes nítidas. E elas diziam que era para não entrar no elevador, ele iria despencar e não seria nada agradável morrer daquela maneira.

Foi quando convenci os meus amigos a descermos pela escada. Eram 27 andares; quanto dá em degraus? As meninas tiveram de tirar o salto e fomos conversando para tentar amenizar o clima tenso. Desde então, não tivera nenhum outro problema.

Mas me perdi na narrativa. Enfim, acho que ficou claro que eu não estava bem. Após molhar a cabeça e dar um tempo sentado na privada, respirando fundo, consegui me recompor e voltei para a mesa. As meninas estavam conversando e sorrindo numa boa. Sentei-me na cadeira de frente para o prato e finalmente consegui comer. O sabor da comida estava uma delícia, e foi quando pude me desligar daquela frequência e voltar para a anterior. A do bem.

Milene estava dizendo que, tempos atrás, havia descoberto que era bipolar. A bipolaridade é o transtorno da moda. Assim como o déficit de atenção que Caroço tinha era a patologia da moda na psicologia, na minha época de escola. Contou mais algumas histórias e comecei a concluir que esse papo de bipolaridade é uma baita desculpa sem-vergonha para essa gente que faz um monte de besteira e depois quer se justificar.

Mas claro que não disse nada. Preferi apenas escutar e escutar e fiquei escutando Milene narrando suas histórias. Ela era uma pessoa interessante, contava coisas interessantes, mas não sabia a hora de parar de falar.

Comemos muito e gastamos mais um pouco do dinheiro da igreja. Estava rendendo havia alguns dias. Sacolinha profunda! Comentamos sobre grana e nossa amiga revelou ter algum dinheiro em sua conta e que poderia usar seu cartão. Aceitamos, mas enquanto pudéssemos usufruir do dinheiro dos fiéis, nós o faríamos.

Voltamos para o carro e decidimos dirigir o máximo que pudéssemos para chegar ao litoral. Levaríamos umas 14 horas. Milene não dirigia, logo, revezaríamos só os dois esses próximos quilômetros.

Lore dirigiu por cerca de quatro horas. Tempo durante o qual confesso ter cochilado bastante para compensar a noite mal dormida naquela pocilga.

Assumi o volante no cair da noite e fui conduzindo com muita tranquilidade, numa velocidade razoável. Minha intenção era lanchar às duas horas.

Passamos mais três horas viajando, parando apenas para ir ao banheiro e tomar um café. Quando começou o amanhecer, conseguimos avistar o mar. O lindo mar! Lindo mar! Lindo, lindo mar! O amanhecer é um privilégio para poucos e fica ainda mais lindo no verão. Lore dormia, Milene idem. Mantive-me acordado e bem atento. Meu objetivo era descobrir uma pousadinha. Nunca estive por aquelas praias, mas conhecia de ouvir falar. Era um balneário com muito turismo, muitos hotéis, motéis, pousadas e casas para alugar. Rapidamente encontrei uma que parecia compatível com o que restava do dinheiro da igreja.

Estacionei o carro e fui verificar os preços. Quando entrei na recepção, o atendente parecia-me muito familiar. Levantei minha sobrancelha num tique de desconfiança. Foi então que resolvi olhar no dedo do meio e vi o caroço. Sim, era ele. O meu velho amigo. As pessoas não acreditariam se eu contasse, mas era uma das maiores coincidências desta vida. Apenas quem não crê em Deus não acredita que Ele possa colocar algumas pessoas em nossos caminhos na hora em que mais precisamos de alguma informação útil, de alguma ajuda. Isso era o poder da coincidência de Deus. Ele colocara meu grande amigo Caroço no meu caminho novamente.

Dei um belo sorriso e percebi que Caroço não entendeu muito bem. E disse:

– Boa noite, no que posso ajudar?

– Caroço?

– Perdão, senhor, não entendi o que deseja.

– Você não é o Caroço? Da MMML? Porra, Caroço!

– Desculpe, mas não tive esse apelido, apesar de um problema que o senhor está observando.

Fiquei na dúvida. Caroço era sagaz, era um cara que sabia, como ninguém, enganar os outros. E então perguntei o seu nome.

– Qual seu nome?

– Almeida.

– Para com isso, Caroço!

– Perdão, senhor, meu nome é Almeida e o senhor está me ofendendo só porque observou um defeito físico meu.

Fiquei confuso. Deveria ser por conta das horas de estrada.

– Desculpe, Almeida.

– Sem problemas, senhor.

– Por favor, o amigo teria um quarto para passar alguns dias?

– Quantos dias, senhor?

– Na verdade, uma semana.

Decidi naquela hora. Talvez fruto do cansaço. Talvez tenha inconscientemente decidido evitar as estradas por esse período. Foi o número que me veio à mente. Nem pensei se daria para pagar aquele período todo com o resto do dinheiro do pastor.

– Temos, sim – disse ele. – É para um casal?

– Não, somos nós e nossa sobrinha.

Agora era eu quem estava inventando a história dos tios.

– Ok. Os senhores podem pegar a suíte dezesseis, que tem duas camas disponíveis, ar condicionado, vista para a ponta do mar.

– Obrigado.

Peguei as chaves e acordei as meninas. Fiquei com a sensação de que aquilo de o cara se assemelhar ao Caroço, possuir um caroço na mesma mão, e não ser o Caroço, era muita coincidência e me pus a pensar. Quando duas coincidências acontecem ao mesmo tempo, prevalece a mais provável, logo, em meio a um balneário tão famoso como esse, não iria encontrar um amigo de infância que havia sido colocado no internato numa cidade muito distante dali. O fato de ele ter um caroço no dedo exatamente como Caroço tinha e não ser o meu amigo, era a coincidência dominante.

Fomos com as malas para o quarto e as convenci de tomarmos o café da manhã. Pelo menos assim poderíamos dormir até mais tarde e pegar uma praia no fim do dia. Rumamos para a sala do café e nos deliciamos com pão doce, bolo de laranja – que Milene disse ser mais saudável –, sucos, frutas, pães e tudo o mais que uma boa culinária matinal nos oferece. Enchemos o estômago e seguimos para o quarto.

Desde que Milene passou a nos acompanhar, eu e Lore não estávamos com o mesmo tesão de antes. Tentei, com um olhar, convidar Lore, mas ela, também com o olhar, mostrou que deveríamos transar longe do quarto e decidimos contar a verdade a Milene.

- Querida, pode descansar um pouco que nós vamos namorar.

Milene apenas sorriu da mesma forma complacente como quando Lore havia apontado sua arma na cabeça do dono do hotel, depois de salvarmos nosso coelhinho dos macumbeiros. O pobrezinho estava afoito, correndo de um lado para o outro e dando suas pequenas paradinhas para mover o focinho. Era uma gracinha aquele bicho. E pensar que teria seu coração arrancado para ser ofertado às entidades da floresta. Nós o salvamos. Ele faria companhia para nossa amiga e nós decidimos nos amar um pouco na praia, que ainda estava deserta.

Na ponta do mar, de onde víamos a nossa janela do hotel, existiam pequenas pedras e foi lá que eu e Lore tiramos o atraso. Voltamos para o quarto de braços dados e caímos no sono.

Acordei por volta das quatro da tarde e as meninas não estavam no quarto.

Olhei pela janela e não as vi na praia.

Fui até a recepção e lá encontrei novamente Almeida. Quando me aproximei e perguntei pelas meninas, fui informado de que haviam saído de carro. Ao olhar para o mar, na tentativa de avistá-las, levei um tapa na minha nuca.

Imediatamente olhei para trás já na ânsia de revidar. Era Almeida, sorridente. Não entendi nada. Como esse filho da mãe tinha coragem de me dar um tapa daquele jeito? Era assim que tratava seus hóspedes?

Tirei satisfações e, quando estava prestes a bater nele, lembrei que meu bastão de ferro estava no carro. Precisei me controlar.

Almeida, então, me falou, gargalhando:

- Sou eu, seu pivete!

Então era mesmo o Caroço. Eu sabia! Aquele filho da mãe mantinha os mesmos hábitos da época da escola. Começamos a gargalhar e demos um longo abraço.

Fomos para a grande varanda da pousada, onde soprava um delicioso vento e, depois de algumas cervejas, Caroço me contou que saíra do internato e acabara tendo de se mudar com seus pais. Seu coroa era da Marinha e fora transferido para um quartel naquela região. O tempo passou e seu pai lhe deu a oportunidade de administrar a pousada. Depois o velho foi para a reserva e decidiu curtir a vida. Caroço, por sua vez, passou a ser o dono do recinto. Disse inclusive que não pagaríamos por nada e que dali em diante éramos seus convidados VIPs. E repetiu: VIP.

Daí, disse a Caroço:

— Você não costumava dar valor a esse tipo de expressão. VIP era uma palavra que a MMML menosprezava por considerar patética a disputa não somente das celebridades, mas de anônimos ridículos, querendo ter o mesmo título, o que lhes colocava no mesmo saco! Agora está me tratando como VIP?

— As pessoas amadurecem, meu caro amigo! Ser VIP é apenas um título que estou lhe oferecendo para demonstrar a importância de ser um convidado especial. A banalização do termo não significa que ele não possa ter um valor simbólico entre nós.

Concordei e, quando as meninas voltaram, contamos as histórias juntos. Passamos um belo fim de tarde e uma agradável noite relembrando a MMML, nossas maluquices e a coincidência de havermos escolhido justamente a pousada do Caroço. Lorena disse:

— Não existem coincidências. Leia Kardec.

Foi nesse dia que celebramos nosso reencontro e festejamos com muita alegria aquela nova reunião.

O coelhinho estava no quarto com comidinha e um monte de bolinhas de cocô espalhadas pelo chão. Tão fofinho! Caroço me chamou no canto quando retornávamos para o quarto e me perguntou:

— Essa menina é sua sobrinha mesmo?

Notei seu interesse. A chama da MMML estava viva, acesa, pulsando. Disse a verdade:

- É nossa amiga.

E ele me deu dois tapinhas nas costas e não precisou falar mais nada. Nosso código havia sido reativado.

Segui para meus aposentos depois de uma grata surpresa e um dia super agradável. Agora éramos VIPs e o dinheiro da fé alheia nos renderia mais alguns dias.

Milene gostara de Caroço.

Conversamos até pegar no sono.

No dia seguinte...

POLVORA

Capítulo 7

Fui acordado por Milene, que estava preocupadíssima.

Na televisão, o jornal dava a notícia com as imagens do carro abandonado no acostamento e dos rapazes mortos na estrada. Segundo a jornalista, o assassinato dos jovens havia chocado a região. Os dois eram filhos de fazendeiros ricos e tinham passado a noite numa festa cujos organizadores já vinham sendo investigados havia algum tempo pelas autoridades federais devido ao comércio ilegal e ao alto consumo de drogas em eventos. Sem qualquer pista ou testemunhas, os homens da lei trabalhavam com duas hipóteses: dívidas ou retaliação por parte de um grupo rival pelo controle do tráfico.

Robenilson, de 23 anos, vinha sendo monitorado por um grupo especial de policiais infiltrados nas *raves* para desmantelar uma quadrilha que estava negociando grandes quantidades de *ecstasy* e LSD. Segundo a polícia, o jovem de classe média era um dos principais fornecedores das cercanias. Em seus pertences, foram encontrados ainda cigarros de maconha e cinco gramas de cocaína. Douglas, de 25 anos, que morrera carbonizado, não tinha passagem pela polícia e provavelmente acabou sendo vítima do crime por estar em companhia do traficante.

Essa era a informação liberada pelas autoridades responsáveis aos jornalistas e, por conseguinte, para a população, que passou a acompanhar, estarrecida, o trágico fim dos rapazes. As imagens eram de deixar qualquer um com o estômago embrulhado. Os restos queimados do "boyzinho" e o outro com o cérebro escorrendo pela face.

Lore achou aquilo tudo muito divertido.

- Está vendo só? Fizemos um ótimo trabalho para a sociedade. Livramos aqueles caipiras de um traficante perigoso.

Milene mantinha o rosto tenso.

- Mas e se alguém que passou por lá nos viu com os caras? Afinal de contas, não tomamos qualquer cuidado em preservar nossas identidades.

- Naquele breu? - tranquilizou Lore. - Não dava pra ver nada. Passaram apenas dois carros e, mesmo assim, em alta velocidade. Se lembrarem de alguma coisa, provavelmente não conseguirão identificar nem a marca dos veículos.

Fiquei pensativo e atento à continuação da matéria que agora mostrava os pais dos rapazes. A mãe gritava:

- Meu filho não era bandido! Meu filho era estudante, era um bom menino! Iria se formar no fim do ano em arquitetura. Estava sempre próximo da família. Era um garoto exemplar! Isso é um absurdo! Por que fizeram isso com meu filho? Por que, meu Deus?! Por quê? Tanto vagabundo por aí, vão fazer isso logo com meu filho? Queremos justiça! Justiça!

E o pai de Robenilson não conseguia proferir qualquer palavra, apenas chorava e soluçava. A família de Douglas, o carbonizado, não conseguia acreditar no triste fim do rapaz. O cinegrafista fazia questão de se aproximar e buscar o melhor ângulo do sofrimento, dando closes na expressão de dor dos presentes. Quanto mais sensacionalismo, melhor. Mais os telespectadores se interessariam pelo caso. Mais comerciais seriam vendidos, mais anúncios para a TV, mais dinheiro no bolso. Quase dava para sentir o gosto das lágrimas daqueles pobres coitados.

Lore estava visivelmente excitada.

- Milene, relaxe, meu anjo. Ninguém vai chegar a nós. O sujeito era traficante. Devia estar cheio de pó na cabeça, por isso se meteu a tirar onda com a gente. Por isso que eu falo: esses aí não sabem usar droga... olha o fim! Esse é o fim. Deve ter cheirado um monte e estava se achando o super-homem. Só que eles se meteram com as pessoas erradas. É bom que sirva de exemplo mesmo. Tem gente por aí que acha que pode sair zoando com qualquer pessoa, no meio da rua, no trânsito, pensando que tem o controle da situação. Depois o que acontece? Perde a razão, se mete em encrenca e acaba partindo dessa pra melhor. Olha minha cara de quem está triste. Poupamos a polícia de prender mais um bandido. E chega desse papo furado!

Lore levantou-se e foi em direção à janela. Ao abrir, deixou que os raios de sol invadissem nosso quarto. O dia estava lindo, poético, com as flores balançando ao vento, o barulho do mar, tudo como deveria ser. Mantive-me deitado na cama apenas observando seu corpo. Não passava das nove horas da manhã. O café seria servido até as onze.

– Tem alguém com fome? – perguntei.

Milene estava no banheiro escovando os dentes. Lore se jogou em cima de mim e sussurrou no meu ouvido:

– Estou morrendo de fome. Estou louca de fome. Muita fome! – esfregando-se em mim, despertando meu instinto.

Já sabia que aquelas cenas de sofrimento na TV deveriam ter deixado Lore muito excitada. Eu ainda tinha algum ranço de sentimento. Não posso dizer que estava com remorso, mas coitados daqueles pais... Os velhos passam a vida tentando oferecer o melhor para seus filhos e os idiotas fazem o quê? Jogam as oportunidades no lixo.

Lore abaixou meu short. Meu pênis já estava bem duro. Excitei-me com a hipótese de Milene sair do banheiro e nos assistir em ação e, quiçá, resolver entrar em nossa brincadeira. Meu estilo exibicionista sempre caiu nessas ocasiões como uma luva.

Lore foi quem estimulou em mim essa verve que passou a me instigar constantemente. Por mim, a gente transava em qualquer lugar em que pudéssemos ser observados. Qualquer um! Lore passava a língua bem devagar na minha glande. Olhava fixamente nos meus olhos enquanto me lambia. A porta se abriu. Milene se assustou com o que viu e recuou. Avisei baixinho para Lore que ela estava na porta do banheiro nos observando com um olhar tímido. Lore virou-se, em seguida, se pôs de pé, seminua, e foi até nossa amiga. Deu-lhe um beijo no pescoço. Roçou levemente seus seios duros e rosados em seus braços. Milene fechou os olhos, parecia um pouco desconfortável. Respirou fundo. Lore insistiu de uma maneira que só ela sabia fazer e acariciou seus cabelos. Pegou uma das mãos de Milene que jazia tensa, com os braços esticados ao lado do corpo, e começou a passá-la em sua pele macia. Milene parecia um robô. Estava tensa, preocupada.

POLVORA

Talvez com medo da repercussão do crime, ou simplesmente constrangida com nossas investidas.

Mantive-me concentrado nos movimentos de Lore, que parecia uma serpente hipnotizando sua presa. Aquilo me excitava também. Mostrava-lhes meu pênis lustroso e ereto enquanto me masturbava olhando as duas. Lore levantou a blusa de Milene e pude finalmente visualizar aqueles seios grandes e salientes. Não eram de silicone. Tinham até a pequena curvatura imposta pela lei da gravidade. Milene fez um movimento para baixar a blusa, mas foi interrompida energicamente por Lore. Pus-me de pé na cama completamente nu. Aquele ritual logo pela manhã nos deixou com os hormônios à flor da pele. Comecei, então, a pular no colchão. Pulava feito uma criança naqueles brinquedos infláveis de parque de diversão. Milene teve sua roupa arrancada por Lore, que começou a chupar seus seios com muito desejo. Eu continuei saltando. Aquilo era engraçado. A resistência de nossa amiga foi sendo quebrada levemente à força. Lore puxou Milene para a cama e ordenou que eu parasse de pular feito um imbecil. Acatei imediatamente. Adorava me submeter aos seus caprichos. Pedi para nossa companheira de viagem relaxar. Ela continuava tensa.

Lore a deitou na cama e estranhamente nossa amiga aceitava seus comandos, nitidamente tensa, mas nos deixando seguir com nossas intenções luxuriosas. Eu quis tocar em Milene, mas Lore me deu um tapa com força na mão. Eu não devia me meter com elas. .

Arfei como um cão no cio e mais uma vez fiz o que me ordenara.

Mudei o canal da TV para sair daquele programa que só exibia desgraça. Queria um canal de videoclipes, uma música poderia relaxar um pouco o ambiente. Procurei, procurei, procurei e o único canal de música que pegava não tocava nenhuma música. Aquilo me deu um ódio mortal e só não quebrei o aparelho por consideração ao amigo Caroço. Encontrei uma rádio em meio aos canais da TV a cabo e voltei a me masturbar, olhando as duas se beijando. Lore investia forte contra Milene. Ao que tudo indicava, era impossível frear Lore. Milene, então, abriu as pernas e deixou Lore tocá-la. E começou a gemer timidamente. Fiquei na dúvida se eram verdadeiros ou não. Mulheres sabem muito bem como fingir prazer, porém, será que uma mulher conseguia fingir prazer para outra mulher? Pela lógica, as duas sabiam utilizar do mesmo recurso e logo uma saberia quando a outra estivesse fingindo.

Atentei às mãos de Milene. Ouvi dizer que, quando uma fêmea está realmente sentindo tesão, ela contrai as mãos, agarra o lençol, o travesseiro, belisca paredes e tudo o mais que estiver por perto. Milene não movia as mãos, apenas emitia pequenos ruídos e Lore estava prestes a perder o controle. Só me lembro de tê-la visto tão excitada assim no dia em que fizemos nosso primeiro assalto, enquanto espalhava miolinhos pelo asfalto.

Eu comecei a torcer por uma reação de nossa amiga. Estava muito submissa. Seria esse o papel que ela gostava de desempenhar na cama? Lore a colocou de bruços e eu comemorei mais uma vitória. Como eu previa, Milene era uma mulher bem gostosa mesmo. Com seus pequenos defeitos de uma natureza muito feminina. Nada daquelas coxas de cavalo, nem daqueles músculos de homem trabalhados horas a fio na academia e lapidados por injeções de testosterona. Milene era deliciosamente natural. Até suas pequenas celulites me excitavam. A calcinha que antes estava disposta feito um coador de café, agora cabia devidamente enterrada nela. Estava torturante assistir àquele ritual maluco. Lore afastou a calcinha de Milene para o lado. Chamou-me e perguntou:

- Quer comer ela gostoso?

Ora, mas que pergunta! Estava muito claro que eu desejava Milene. Ver Lore dominando aquela mulher, arrastando sua peça íntima para o lado e me oferecendo-a era tudo o que eu mais queria no mundo.

- Veja como ela está meladinha!

E estava mesmo. Na verdade, Milene estava com tesão também. Devia gostar de ser dominada. Aquele deveria ser mais um personagem seu. Quando na vida eu poderia imaginar que aquela menina havia ateado fogo em seus pais? Pois na vida sexual humana é assim também.

Imprevisibilidade. A psique humana é repleta de personagens que desconhecemos quando olhamos para um indivíduo no seu dia a dia. Cheios de rotinas, de pudores, de opiniões. Seres humanos, quando dominados pelos instintos primitivos, podem se transformar em figuras das mais estranhas, bizarras, sinistras de diversas espécies e com as mais inacreditáveis perversões.

Milene empinou a bundinha, dessa vez, sem ordem nenhuma. Ela estava mesmo gostando daquilo.

Coloquei-me por cima dela. Eu estava definitivamente pronto para entrar, quando ouvi uma batida na porta que me tirou a concentração. Depois ouvi outra. E mais outra. Olhamo-nos como quem pergunta com os olhos, "o que fazer". Mantivemos o silêncio, e a criatura continuou insistindo. Deveria ser algo importante.

— Este coelho é de vocês? — perguntou Caroço.

"Numa hora dessas?!", pensei.

Lore imediatamente largou Milene e foi até a porta. Milene se levantou e correu para o banheiro. "Coelho maldito!", pensei. Isso devia ser mandinga daqueles macumbeiros! Devia ser obra da entidade da floresta! Logo agora?! Logo agora?!

Quando a porta abriu, Caroço quase teve um treco. Viu Lore como praticamente veio ao mundo e ficou sem ação. Ela, por sua vez, pegou o coelho no colo e saiu andando de calcinha em direção à varanda. Eu me cobri e dei um sorriso amarelo. Caroço pediu desculpas e encostou a porta. Explicou que o filho da vizinha da pousada era um garoto perverso que adorava torturar animais e que, como por lá ninguém possuía coelhos, ele supôs que talvez o nosso animalzinho tivesse fugido em algum momento de distração, por isso resolveu resgatá-lo e devolvê-lo antes que o moleque sádico pusesse as mãos nele. Quis evitar o sofrimento do bichinho.

Bateu a porta e saiu.

Fiquei com ódio do coelho, desejando que o pivete sádico arrancasse os dois olhos dele e depois fritasse no óleo quente. Mas quando vi Milene e Lore acariciando o bichinho e fazendo dengo, logo mudei os pensamentos. Seria péssimo se algo tivesse acontecido com nosso mascote. Ainda mais se Lore soubesse que o coelhinho teria sido vítima de tortura. Seria capaz de invadir a casa da vizinha, matar todo mundo e ainda pendurar as cabeças no varal.

Já ouvi dizer que assassinos seriais têm em comum o gosto pelos maus-tratos a animais. Talvez fosse de bom senso avisar à mãe desse menino que ela mantinha, sob sua tutela, um pequeno psicopata. Mas qual mãe aceitaria esse tipo de opinião? Apenas um vago pensamento tolo. O coelho estava a salvo novamente. Lore e Milene vestidas. As meninas decidiram dar uma volta para conhecer a cidade e, como bom acompanhante que sou, aceitei ir junto.

Convidamos Caroço, mas ele precisava fazer compras para a semana e só estaria livre no fim do dia. Combinamos de jantar juntos e fumar um cigarrinho que ele ficou de descolar com um amigo que cultivava a erva dentro de casa. Esquema de primeira, segundo Caroço. Sem agrotóxicos, amônia ou qualquer porcaria dessas que se compra na mão de traficante.

- Aqui não fumamos bosta de cavalo, não! - garantia ele.

Pegamos o carro e passamos no posto para abastecer. O dinheiro da sacolinha terminou na gasolina. Precisávamos conseguir mais alguma verba para passar o resto da semana. Embora Caroço tenha nos oferecido tratamento VIP, existiam coisas que ele não poderia nos bancar e, sendo assim, teríamos de bolar um novo plano para conseguir dinheiro. Milene passou no banco e tentou fazer uma retirada. Só na terceira tentativa, com a senha inválida, é que descobriu que a conta fora bloqueada. Com a morte de seus pais, o que estava no nome deles foi imediatamente bloqueado pela Justiça. Era uma conta conjunta. Fiquei me questionando como uma menina esperta como ela poderia ter esquecido esse pequeno detalhe. Lore estava com pouca munição também. Precisaria arrumar mais para seguirmos viagem. Fiquei na dúvida se contava a Caroço a verdade sobre nossa chegada à cidade, por outro lado, fiquei com receio de que o tempo o tivesse transformado. Afinal de contas, as besteiras que fizemos na escola não se comparavam às nossas últimas ações. Uma coisa é derrubar a parede da sala de aula, outra, bem diferente, é assaltar e matar transportadores de bebidas, jogar um motorista contra uma árvore no meio da estrada, depois

POLVORA

roubar um pastor, assassinar dois idiotas na rodovia e, de quebra, trazer conosco uma piromaníaca.

Seguimos em direção a uma praia mais afastada, longe dos turistas. Precisávamos de um pouco de solidão para pensarmos em algo que nos colocasse novamente dentro do jogo. Milene sugeriu que assaltássemos o banco. Expliquei que não havia a menor condição de nos arriscarmos dessa maneira. Ninguém ali tinha experiência nesse tipo de atividade e poderíamos ser presos ou mortos. Não que fosse uma má ideia. Trabalhei em banco e sei como é. Eles têm seguro, e contanto que não fira ou mate um funcionário ou algum inocente, que se dane o banqueiro e suas fortunas acumuladas em taxas absurdas. Só não tenho é competência para o serviço e sei que as agências são todas monitoradas e repletas de seguranças, de forma que esse tipo de trabalho é função para profissional. Nós seríamos fisgados facilmente e eu não queria passar férias na colônia penal, muito menos morrer sem fazer sexo com as duas juntas.

O sol estava muito forte. Abrigamo-nos em um quiosque e ficamos bebericando caipirinha. Comemos alguns camarões e puxamos conversa com os nativos. Papo vai, papo vem, Lore conseguiu tirar a informação de um dos rapazes que trabalhava no lugar. Disse que queria conseguir maconha. Seu pensamento fazia muito sentido. Onde se vende maconha tem tráfico e onde tem tráfico tem armas, onde tem armas tem munição. A lábia de Lore trouxe para nós o contato do chefe do comércio local. Um homem distinto. Morador de um bairro rico da região. Milene achava que teríamos de entrar em alguma favela, procurar um bandido qualquer, pé de chinelo.

Eu achei graça. Expliquei que esses bandidinhos que ela via na TV, trocando tiro com a polícia, eram todos uns pobres-diabos usados pela máquina para matar e morrer em troca de merreca, perto do que rende para os verdadeiros donos. Disse-lhe que os traficantes de verdade, donos da bufunfa mesmo, estavam entocados em suas coberturas de luxo, ocupando cargos importantes eleitos pelo povo, posições usadas para conseguir esquemas milionários. Até esse tal chefão da cidade deveria ser apenas mais um laranja nessa história toda. Mas, enfim, precisávamos negociar com ele, e Lore estava disposta a fazê-lo. Milene pagou a conta com seus últimos trocados e no fim da tarde voltamos para a pousada.

Meu combinado com Lore, logo após nosso primeiro delito, fora jogar o celular pela janela do carro assim que pegássemos a estrada, e o fizemos com prazer. Desde então, o mundo é que se danasse, porque, a nós, ninguém encontraria mais. Não acessamos computador algum e quando Milene entrou para nosso convívio, pedimos a ela que fizesse o mesmo. Porém, ela não o fez. De volta à pousada, pegamos seu celular e resolvemos ligar para o tal do chefão da maconha.

Foi Lore, com sua voz sexy, quem trocou as primeiras palavras. Deu o código que o funcionário nos passara para que o homem soubesse que éramos de confiança. Lore inventou um monte de mentiras e convenceu o homem de que era uma brasileira que morava fora do país, estava em férias com seu marido gringo e queria cem gramas da erva para consumo do grupo. Pelo cantinho do telefone, consegui ouvir o cidadão falando mansamente e combinando o local para a entrega. Sua própria casa. Anotamos o endereço e agora precisávamos arrumar a grana para comprar o peso, ou seja, a munição.

Fui totalmente contra a ideia de assaltarmos a pousada de Caroço. Mas Lore nos convenceu de que pegaria o dinheiro apenas emprestado para fazer o negócio e em seguida o devolveria. Minha função agora era distrair a funcionária enquanto Milene invadia a recepção e tomava os trocados do caixa. O suficiente para a aquisição do produto.

Deu tudo errado.

Quando chamei a moça para que limpasse a sujeira do coelhinho, Lore ficou na porta vigiando. Milene entrou na recepção e meteu a mão na gaveta, onde deduziu que encontraria o dinheiro. Nesse momento, ouvimos um barulho vindo da cozinha e não deu tempo para nada. Caroço a surpreendeu com a mão na massa.

Furioso, perguntou o que estava acontecendo ali. Milene gaguejou, tentou explicar, eu voltei correndo para tentar intervir, mas a confusão estava formada.

– Que porra é essa aqui? – gritou Caroço, com o rosto vermelho de raiva.

– Então eu saio para fazer compras para o nosso jantar e vocês tentam me assaltar? Que merda é essa, seu pivete desgraçado? – Caroço sempre me chamou assim.

Tentei novamente explicar que tudo não passava de um mal entendido, mas era tarde demais. Lore puxou a arma e apontou para a cabeça do meu amigo. A funcionária desmaiou e tive de arrastá-la para o sofá.

Cheguei próximo de meu amigo para tentar acalmá-lo, mas ele estava irredutível. Para piorar a situação, chegou um casal de gays que estava hospedado no quarto ao lado do nosso e se apavorou com a situação. Lore ordenou que todos ficassem próximos, e sua mira focava o meio da testa de Caroço.

– Dou guarida para vocês, ofereço um tratamento especial e é isso que recebo em troca? Uma arma apontada para minha cabeça?!

Para ele dei o direito da argumentação. Não queria que aquilo estivesse acontecendo.

– Todos para o quarto imediatamente – gritou Lore.

Em fila indiana, o casal gay, a funcionária que havia retomado a consciência e Caroço foram conduzidos até o aposento.

Milene correu para a cozinha e voltou com uma garrafa de álcool. Percebi que ela era obcecada por fogo. Orientei-a a não fazer absolutamente nenhuma besteira. Incendiar a pousada já seria demais.

Fiquei do lado de fora para fazer papel de recepcionista enquanto Lore e Milene amarravam todos pelos braços e pernas. Eu não queria que aquilo estivesse acontecendo. Como a vida toma rumos estranhos sem que possamos controlar! Eu precisava agora era contar a verdade para Caroço e tentar fazê-lo perceber que nossa intenção não era roubá-lo e nem machucá-lo.

Tranquei as portas da pousada e me juntei ao grupo.

O problema todo era o que fazer com o casal gay. Para Caroço, eu acreditava que bastava falar a verdade, mas os rapazes poderiam nos denunciar. Pedi a Lore que me deixasse levar meu amigo para o nosso quarto e tentar convencê-lo a nos ajudar. Milene meteu a mão na carteira de um dos homens e começou a vasculhar. Acabou descobrindo fotos de família, de filhos, de esposa e tudo o mais. Então, direcionou-lhe um olhar matador.

- Quer dizer então que o rapaz é casado?! Bela família! Sua mulher sabe que você veio passar férias com seu macho por aqui? O que foi que inventou? Um congresso? E você, seu sem vergonha, é casado também? Deixe-me ver sua carteira.

Buscou por algo que pudesse incriminá-lo, mas não encontrou nada.

- É michê desse vagabundo?

Os dois permaneciam estáticos.

- Me dá a porra desse telefone! - e tomou o celular do homem casado e procurou por algum contato que levasse até a esposa.

- Que maravilha! Ela vai adorar saber que está passando o final de semana num balneário maravilhoso, dando o rabo para outro macho.

Lore olhou surpresa. Gostou da atitude de Milene. Quantas Milenes existiam ali? O homem, então, implorou e pediu pelo amor de Deus que não fizesse aquilo. Que daria tudo que elas quisessem, mas que não destruísse sua família.

No outro quarto, estava eu desenrolando com Caroço e contando toda a verdade. Os assassinatos, os assaltos, a fuga e finalmente a ideia estúpida de pegar o dinheiro emprestado no caixa para negociar, com o traficante local, munição para Lorena, tendo em vista que a maconha quem arrumaria era ele mesmo.

Caroço entendeu tudo direitinho. Pagou-me um esporro, andou tenso de um lado para o outro. Depois de um silêncio gutural, me olhou com aquela expressão da adolescência e se dispôs a nos ajudar. Expliquei que, por conta de todos esses problemas, pegaríamos a estrada naquela noite e que logo eu retornaria para reencontrá-lo numa bem melhor.

No quarto ao lado, Milene extorquia os gays, tomando todo seu dinheiro, que não era pouco, e levando seus telefones para evitar que nos denunciassem.

Arrumamos nossas malas e deixamos um aviso bem claro. Qualquer tipo de intervenção que nos colocasse em risco receberia em troca o anúncio público de que eles eram gays.

Eles garantiram sigilo absoluto. Nós também.

Soltamos Caroço, que agora estava com o coração partido. Havia gostado de Milene, mas teria de abrir mão dessa aventura. Levei Lore para o quarto e contei que havia falado a verdade para Caroço. Ela ficou indignada. Apontou a arma para mim. Não me arrisquei a argumentar. Fixou seu olhar.

Respirou e abaixou o revólver. Por um segundo pensei que seria deixado para trás.

– Posso ir com vocês? – perguntou Caroço.

Olhamos uns para os outros. Lore ordenou:

– Arrume suas malas agora! Pegamos a estrada em quinze minutos.

Foi o tempo para que Caroço desse alguns telefonemas e inventasse qualquer merda para sua funcionária, que foi orientada a ficar em silêncio, sob pena de perder o emprego na pousada. Pode parecer pouco, mas a coitada tinha uma gratidão enorme por Caroço, ficamos sabendo depois. Ele fizera muito por sua família e principalmente por seu filho mais novo, que era autista e precisava de atenção especial. Caroço seguiu para liberar a diária dos gays e anunciar que estava entrando em férias depois de longos anos se dedicando àquela pousada. A alta temporada logo terminaria e a monotonia tomaria conta do lugar.

Agora éramos Lore, Milene, Caroço, o coelhinho branco e eu na estrada. No carro dele, que era bem melhor e mais confortável que o nosso.

Partimos rumo a qualquer lugar.

No meio do caminho...

Capítulo 8 –
Plantando é que se colhe

Caroço nos perguntou se não gostaríamos que ele buscasse a erva que havia prometido logo cedo, antes de toda aquela confusão. Já estava tudo meio que combinado. O cara era um amigo dele, plantava em casa, vendia apenas para os mais chegados. Concluímos que valeria a pena levar a verdinha caseira para não precisarmos comprar pela estrada.

Caroço trouxe também, em uma de suas sacolas, algumas garrafinhas de uísque e vodka, daquelas que se oferecem como amostra grátis e que os hotéis e pousadas vendem a preços absurdos.

Aquilo não duraria nada. Caroço estava realmente num ritmo de vida muito mais tranquilo que o nosso.

Após quinze minutos por uma estrada de terra batida, chegamos a um bairro bem aconchegante. As casas eram lindas e o lugar, repleto de árvores, plantas, luzes indiretas configurando um cenário completamente inimaginável no meio daquele balneário. Parecia que estávamos em outro município.

Estacionamos o carro em frente a uma construção bem diferente das demais, que oferecia seus jardins a qualquer transeunte, sem nenhum muro ou grade. Uma arquitetura barroca, interessante.

Fiquei me imaginando morando num lugar como aquele, próximo da praia, sem trânsito, sem barulho, sem confusão e concluí que, embora fosse muito sedutor, depois de algum tempo aquilo se tornaria um tédio. Minha vida na cidade grande era repleta de estresse, de perda de tempo com coisas inúteis, de preocupações burocráticas. Para quem se acostuma ao caos, a paz é um inferno.

Ouvi o barulho das palmas e uma luz se acendeu diante da porta principal. Após alguns segundos surgiu de dentro da casa uma figura pitoresca. Um homem com cerca de setenta anos, baixo, com cabelos bem ralos e

brancos na lateral, bermuda, chinelo e uma blusa preta. Sua barriga protuberante, unida àquele sorriso bondoso, imprimia uma simpatia imediata. Um ar bonachão.

Fomos convidados a entrar e, em seguida, Caroço nos apresentou a seu amigo com entusiasmo. Ele nos saudou pelo nome, num esforço de se mostrar interessado em nossa presença. Caminhamos por um longo corredor e passamos por duas portas. No chão, pisávamos em tapetes felpudos. Um pouco mais adiante, uma sala bem espaçosa com estantes repletas de livros. Fiquei curioso para saber quais títulos encontraria ali. Milene carregava nosso coelho e olhava tudo muito atenta. Lore passeava com a desenvoltura de quem está em um lugar já conhecido. De fora, a casa não parecia tão grande. A escuridão da noite e as árvores me deram uma dimensão irreal do que seria aquele lugar. Por fim, chegamos a uma varanda, toda iluminada, que mais parecia um cenário de filme antigo. Podíamos sentir o cheiro da grama molhada.

Se o lado de fora sugeria um estilo mais clássico, o interior da casa oferecia ambientes com cenários bem modernos, quase vanguardistas. O homem tinha bom gosto.

As muitas figuras de santos em um dos cômodos chamaram minha atenção. Havia uma imagem grande de Jesus Cristo perto do altar. Lore se aproximou para ver de perto. Ela adorava contemplar as expressões de dor que os artistas retratavam em suas representações do momento da crucificação. Despertava tesão em Lorena.

Sentamos num belo sofá vermelho muito confortável. Nosso anfitrião nos ofereceu um saboroso chá de maçã com canela cujo perfume adocicado aromatizava o ambiente, na medida do agradável. Aquela casa era maravilhosa. Caroço pegou um livro na estante e juntou-se a nós ao passo que o homem se retirava, subindo pelas escadas.

Caroço, então, nos explicou um pouco sobre seu amigo.

Enquanto o homem saiu, uma belíssima mulher veio nos saudar. Trajava um vestido longo e preto. Cabelos longos, castanho claros, olhos azuis, muito azuis, e um sorriso que parecia ter dois milhões de dentes brancos, muito brancos, como flocos de gelo. Ela pediu licença e logo se retirou. Lorena a elogiou, e todos concordamos que se tratava realmente de uma bela espécie. Milene quis saber se era a filha do amigo de Caroço. E ele respondeu que se tratava da mulher dele. Fiquei impressionado. Não sou desses que pensam que uma mulher linda como aquela se disponha a viver com um velho calvo e de cabelos brancos, baixinho e com uma barriga enorme daquelas em troca de conforto material. Acredito no amor pela admiração, principalmente pela inteligência. Ele parecia um homem muito culto e seu carisma era evidente. O jeito bonachão conquistou a todos nós. O homem retornou com um lindo vaso da planta. Bonitinha, grande, cheia de galhos e com um cheiro que eu nunca sentira antes. O sorriso de satisfação e orgulho do homem era nítido. Ele disse:

- Esta é de muita qualidade. Semente vinda da melhor de todas as espécies, na minha opinião, disponível nas estufas da Europa. Dessa, meu amigo Caroço, só ofereço pra ti. Sabes do meu carinho por tua pessoa.

Caroço contou que oferecera, a um preço muito camarada, a sua pousada para que a família de seu recém-conhecido, na época, passasse umas férias. Eram todos muito educados e simpáticos. Todas as noites se reuniam para dividir conversas interessantes, estreitando assim os laços de uma boa amizade. Seu amigo, por razões muito particulares, não podia recebê-los e esse favor se reverteu numa relação de gratidão que, com o tempo, fez brotar o amor em comum por livros, pelas mulheres, pela música e pela maconha. Ao longo desse tempo, eles fizeram algumas reuniões secretas, que Caroço ressaltou: lembravam muito os nossos encontros da escola. Ficamos entusiasmados com tantas afinidades e decidimos experimentar um baseado oferecido pelo velho homem ali mesmo em sua casa.

Se em princípio a ideia era passar apenas para pegar o peso e seguir viagem, o ambiente, o clima, a conversa e tudo o mais nos relaxaram e nos cativaram a fazer tal escolha. Depois de tudo que passamos, horas antes, nada melhor que aliviar um pouco a pressão mental.

O velho cortou cuidadosamente alguns galhos e expôs sobre a mesa como se fossem joias. E, em seguida, pegou seu papel de seda - uma página de uma Bíblia que tinha outras páginas arrancadas e era feita de uma textura muito fina, diferente de tudo que já vira antes. Ele ressaltou que sempre que decidia usar uma folha de sua Bíblia para queimar seu cigarrinho, antes, por consideração, fazia a leitura em voz alta para todos os presentes. E assim o fez:

- Quando se aproximaram de Jerusalém, e chegaram a Betfagé, ao Monte das Oliveiras, enviou Jesus dois discípulos, dizendo-lhes: "Ide à aldeia que está defronte de vós, e logo encontrareis uma jumenta presa, e um jumentinho com ela; desprendei-a, e trazei-mos. E, se alguém vos disser alguma coisa, respondei: O Senhor precisa deles; e logo os enviará".

Achei a passagem estranha. Tratava-se de Mateus 21:1. Uma ode ao assalto à propriedade privada. Não falei nada. Mas pensei: então é assim? Invade a aldeia da frente, rouba a jumenta e o jumentinho e, se alguém reclamar, diz que foi Deus quem mandou. Muito interessante.

E imaginei: Lore e eu entrando num banco. Ela toda linda com seu short, um top preto e uma pequena bolsa. Eu, sorridente, dando acenos para os seguranças e carregando um buquê de flores. Nós dois de mãos dadas, bem namoradinhos.

Ela passando pela porta giratória e bloqueada. Um sorriso sedutor para um dos seguranças, que não veem risco na cliente e permitem a entrada. Passo logo em seguida com as flores em mãos e, dentro do buquê, uma linda granada.

O banco bem lotado, em dia de pagamento. Lore dá a volta e pede uma senha. Automaticamente, recebe uma expressão de insatisfação da funcionária. Fico na fila, sorridente. Chamo a atenção de todos.

- Pessoal, por favor! Hoje é um dia especial, quero fazer uma homenagem à minha namorada.

Lore se finge de envergonhada e diz:

- Como assim, meu amor? Não faça isso, me mata de vergonha!

- Estamos completando seis meses de namoro e escolhi um lugar bem cheio como este banco para dizer a todos o quanto a amo. Querida... EU TE AMO!

Então damos um lindo beijo na boca e recebemos o aplauso de todos, empregados, seguranças e clientes do banco.

Nesse momento de puro romantismo, jogo as flores para o alto e exibo a granada. Lore rende uma senhora que está toda sorridente na fila das prioridades e aponta a arma para sua cabeça.

– Todo mundo calado! Passem o dinheiro dos cofres imediatamente!

Aquela confusão toda e, em seguida, eu completo:

– O Senhor precisa deles; e logo os enviará.

Os seguranças não ousam reagir. Todos se jogam no chão e nós pegamos a sacolinha e o sacolão. E saímos tranquilamente do banco, certos de que estávamos fazendo algo justificável.

Alguém ouviu ou viu Deus lhes mandando ir a Jerusalém com tal missão? Há provas?

Viagens à parte, como é que se fazia isso naquela época? Na mão? Na faca? No machado?

Enfim, deixei minha mente vagar sem nem saber o contexto real do resto da história, tendo em vista que se tratava apenas de uma pequena página que logo viraria fumaça. Minha parábola também não precisava fazer sentido.

O velho voltou a chamar a atenção para o sabor do baseado. E realmente era muito bom. Poderia ser o gosto da seda do livro sagrado? Fumamos muito. Rimos muito, bebemos um vinho da melhor qualidade e desfrutamos de um momento paradisíaco.

Quando a larica bateu, Lore perguntou se não havia algo para comer e logo nosso novo amigo desapareceu, ressurgindo com um bolo de laranja. Eu gosto muito de bolo de laranja, e Milene, dessa vez, disse que igual àquele nunca havia comido. Mas acho que ela não tinha era fumado um como o do vasinho do velho homem, e depois que se fuma um bom baseado, a comida fica com um gosto deliciosamente especial. Nós comemos muito. Eu comi muito. Comi muito mesmo. Com raspinha de limão no fundo. Sensacional. Revezávamos gargalhadas com mastigadas de boca cheia.

TICO SANTA CRUZ

O velho homem parecia feliz. Muito animado. A madrugada já tomava conta, e nós não tínhamos mais condições de pegar a estrada.

Milene perguntou a Caroço se não poderíamos voltar à pousada e passar o resto da noite lá, assim, tomaríamos o rumo depois de acordar, colocando o sono em dia.

O velho interrompeu-a.

- De forma alguma! Vocês podem ficar por aqui, faço questão! Temos cômodos para todos. Almeida me falou que estavam indo viajar e que passaram somente para levar um pouco dessa especiaria, que compartilho apenas com pessoas especiais. Eu lhes convenci a experimentar. Gosto de ver o efeito de minha plantinha brotando sorrisos em meus amigos. Durmam aqui. Fiquem tranquilos que amanhã minha companheira acordará e lhes dará toda a atenção antes de partirem.

De pronto aceitamos. Fomos levados para um cômodo daqueles do corredor, ao lado do quarto com as imagens de santos. Caroço e Milene foram para o quarto mais próximo da sala dos livros. Combinamos de não partir muito tarde e Lore programou um despertador para o meio-dia.

Quando ficamos sozinhos no quarto, sob o efeito da erva e da uva, nos bateu um tesão incontrolável. Nossa paixão estava ficando cada vez mais feroz. Começamos a nos esfregar. Lore me puxou pelo braço e me levou até o quarto dos santos. Pressionou-me contra a parede próxima à imagem da cruz. Sob a luz das velas acendidas para os santos, Lore me beijava ardentemente. Minhas mãos eram irrequietas; percorriam visceralmente cada centímetro de seu corpo. Agarrava seu dorso com uma força quase que brutal. Lore adorava quando a pegava assim, dizia que se sentia protegida, mas também adorava dominar e sabia fazer isso como ninguém.

Afastando-se de minha boca, acariciava-me a face com seus lábios úmidos, chegando ao lóbulo de minha orelha, mordendo-a delicadamente ao passo que arranhava minha nuca com suavidade, fazendo arrepiar todos os pelos do meu corpo. Sua língua impudica explorava meu corpo com curiosidade, seus lábios revezavam beijos, mordidas, lambidas, chupadas, ora leves, ora mais fortes. Roçava em meu pescoço, sugando meu cheiro, me

91

mordia levemente o queixo; voltou ao pescoço e foi descendo em direção ao meu tórax, arrancou minha camisa e chupou meus mamilos; desceu mais um pouco; alternava seus beijos quentes com suas mordidas suaves em meu abdômen. Eu acariciava seus cabelos, inebriado com tamanha volúpia. Por vezes, Lore me olhava nos olhos, gostava de ver minha expressão de luxúria, que, de tanto desejo, expressava dor, e me sorria maliciosamente. Em seguida, baixou minhas calças e me chupou com torpor.

Lore dizia no meu ouvido que se lembrava do dia em que transamos pela primeira vez em sua casa e isso a fez desejar repetir a sensação, tudo por conta do fetiche que tinha com a imagem do sofrimento do filho de Deus. Aquilo parecia insano, bizarro, psicótico, mas eu confesso que também senti muito tesão diante da situação. Pelo risco de sermos flagrados, pelo fato de estarmos entorpecidos de amor. De frente pra Jesus, de frente para Nossa Senhora, para São Sebastião, Cosme e Damião, Santa Clara, São Marcos. Derrubamos uma das velas e tive de correr para apagá-la. A última coisa que precisávamos era de mais um incêndio em nossa história.

Comprovamos a relatividade do tempo, na frente de todas as imagens sagradas. Senti-me um pecador, um culpado, um diabo. Mas aquilo me fez gozar como nunca havia gozado antes e percebi que minha amada também culminou num espasmo visceral.

Voltamos para o quarto e caímos abraçados, em total entrega ao nosso amor. Dormimos profundamente. Acordamos muito tarde. O despertador não foi ouvido. Caroço e Milene optaram por não nos despertar e, quando saímos do quarto, já passava das três da tarde.

O amigo de Caroço já não estava mais presente, e sua linda companheira nos tratou de forma muito gentil.

Almoçamos. Recebemos um pequeno embrulho, no qual, segundo a mulher dos olhos azuis, estava o presente que seu marido havia deixado.

Agradecemos e nos despedimos.

Havia bastante maconha. Daria para, no mínimo, umas duas semanas, com fartura. Nosso coelhinho se alimentou bem e ficou tranquilo na cozinha, de onde não poderia fugir.

Pegamos o carro. Caroço perguntou se o coelhinho já tinha nome. Nós achamos graça por não termos pensado nisso antes. Nosso amigo precisava de um apelido carinhoso. Ficamos olhando para sua carinha fofa e, então, Caroço disse:

- Vamos chamá-lo de Mário?
- Por que Mário? - Lore quis saber.
- Porque coelho gosta de cenoura!
- Não entendi a piada - resmungou Milene.

Ela, de fato, era muito jovem para saber de uma tolice dessas. Achei de péssimo gosto, mas Caroço era sarcástico e irônico por vezes, e depois explicou a origem da associação de Mário à cenoura. Lore morreu de rir, pois não se lembrava dessa história e então chegamos todos à conclusão de que o nome do coelho deveria ser Cenoura. Assim foi escolhido o nome e batizado nosso animalzinho.

Quisemos saber um pouco mais sobre aquele homem simpático, inteligente, rico e divertido. Caroço contou que o velho havia sido padre tempos atrás e resolveu abandonar a igreja quando se envolveu com aquela mulher. Ela era uma jovem que frequentara sua igreja durante muitos anos, filha de pais muito rigorosos e católicos que a levavam à missa com regularidade. Depois de muitas idas e vindas ao confessionário, os dois se apaixonaram e nosso amigo resolveu largar a batina.

Ele dizia que, se não fosse capaz de manter a doutrina segundo as normas da Igreja, então seria melhor abrir mão de sua função. Achava um absurdo os casos que soube e até presenciou, de religiosos cortejando crianças, mulheres, homens, idosos, coroinhas e todo tipo de ser humano que pudesse receber uma carta de misericórdia. Escândalos que o envergonhavam, mas que contavam, muitas vezes, com a omissão da instituição. Quando se viu marcado pelo pecado da carne, pelo furor da luxúria, resolveu viver a vida, mudou-se de cidade e hoje dá aulas de Filosofia numa universidade na cidade vizinha.

Sua esposa, antes de ir morar com ele, passou por poucas e boas. Seu pai fazia questão de acompanhá-la no ginecologista para verificar se a filha permanecia virgem sob os mandamentos de Deus. Quando os dois começaram a se relacionar, disse Caroço, ela oferecia apenas sexo anal ao padre. Ficaram um bom tempo assim. Nem o pai e nem o ginecologista descobriram o segredo. Porém, após se apaixonarem perdidamente, decidiram enfrentar a ira que cabia a cada um. Ela, da família; e ele, da Igreja.

Hoje, ela faz programas durante o dia. Ele sabe e aceita. Quem mantinha aquele luxo, aquela casa e aquilo tudo era ela.

Logo, pensei, um professor de Filosofia, de fato, não conseguiria manter tanto conforto, aliás, professor nenhum.

Coisas da vida.

Padres também amam, têm sentimentos. Prostitutas também amam e têm sentimentos. Mas sua família não sabia dessa parte e, por isso, eles ficaram amigos quando Caroço o ajudou.

Nosso próximo objetivo era conseguir a bendita munição e, após alguns telefonemas de Caroço, partimos em direção ao Rio de Janeiro.

Capítulo 9 – Quem é quem?

- Estamos sendo seguidos - especulou Lore.

Eu não havia percebido nada. Milene e Caroço estavam dormindo o que provavelmente não dormiram na noite anterior. Abraçados como dois namoradinhos: ela, com a cabeça deitada no peito dele. Passei, então, a prestar atenção. Achei que pudesse ser paranoia de Lore, mas ela se mantém sempre muito atenta a tudo que a cerca. Havia, de fato, um carro preto atrás de nós. A pista era mão dupla, de modo que dificultava as ultrapassagens. De repente, Lore diminuiu a velocidade e, na pista à nossa esquerda, o movimento cessou. Um carro muito distante vinha se aproximando, facilitando a passagem dos que seguiam atrás de nós. Passaram dois caminhões e um carro de passeio, o automóvel preto continuou no mesmo ritmo a uma pequena distância. Não conseguia, pelo retrovisor, identificar o sexo do motorista, muito menos saber quantas pessoas estavam dentro do veículo.

- Acho que deve ser apenas uma família cautelosa. Talvez não queiram arriscar a ultrapassagem.

- Uma família cautelosa não dirige por cinquenta quilômetros atrás do mesmo carro.

- Como assim? Quando reparou essa movimentação?

- Desde que saimos do Balneário e pegamos a estrada ele mantém uma distância regular.

- Acha que pode ser polícia?

- Não sei.

- Talvez os hóspedes tenham nos dedurado. Aqueles gays! Devem ter ligado para a polícia contando tudo.

- Não oficialmente, certo? - Lore observou. - Se fosse um chamado da polícia, estaria vindo uma viatura ao nosso encontro. Esse que nos segue é um veículo comum.

- Pode ser a Civil. Talvez seja melhor pararmos e ver o que ele faz.

– Estou com pouca munição.

– Vamos encostar na próxima entrada.

Uma placa informava que logo adiante havia uma parada para alimentação. Acordamos nossos amigos e comentamos a respeito de nossa desconfiança. Milene olhou rapidamente para trás e não disse nada. Caroço passou as mãos nos olhos, espreguiçou-se e manteve a tranquilidade padrão líder MMML. O carro permanecia à nossa espreita. Decidimos bolar uma estratégia de ação: a ideia seria parar no posto de conveniências, descer do carro e seguir tranquilamente, como qualquer outro viajante. Comeríamos alguma coisa e seguiríamos observando se o suspeito continuaria à nossa espreita.

Minutos depois, viramos à direita e entramos num local repleto de caminhões. Dizem que os postos em que os caminhoneiros se concentram são os mais indicados para fazer o tradicional intervalo de estrada, comer e esticar as pernas. Seguir a sabedoria popular pode ser uma boa em momentos como esse. Além do mais, quem quer que fosse o indivíduo que estava nos seguindo, não tomaria nenhuma atitude que pudesse nos colocar em risco num local com tanto movimento.

Estacionamos. Lorena reparou que o automóvel passara direto. Meu coração desacelerou e pude relaxar. Ainda assim, Lore ordenou que nos dividíssemos em áreas diferentes para que pudéssemos ter uma visão mais ampla e confiável. O sujeito poderia ter dado a volta, e uma vez que havia muitos veículos estacionados ali, ele poderia facilmente parar entre dois caminhões, de forma que ficaríamos à mercê de suas intenções na incerteza da perseguição.

Caroço foi ao banheiro e, ao sair, posicionou-se discretamente numa pilastra bem no canto, de onde poderia controlar a entrada dos veículos no posto. Sentei-me sozinho a uma mesa que ficava perto da janela, bem no centro do estabelecimento, a fim de perceber algum movimento estranho na pista que levava ao caminho oposto ao que estávamos seguindo. Lore e Milene acenderam um cigarro e ficaram fumando sentadas no banco diante do desembarque dos ônibus de linha. Passamos cerca de trinta minutos es-

POLVORA

tagnados e à espera de alguma movimentação estranha, mas nada fora do comum aconteceu. Caroço veio ao meu encontro. Decidimos comer alguma coisa. As meninas continuaram sentadinhas no banco conversando.

Dizem que os homens transam muitas vezes apenas para se vangloriar de suas conquistas, mas estaria Milene compartilhando com Lore sua história com Caroço na noite anterior? Foi a primeira coisa que ele me contou quando se sentou à mesa:

— Essa sabe das coisas.

Eu quis detalhes. Ele deveria estar ansioso por me passar sua experiência, era assim que fazíamos na época da escola, e nisso não mudamos nada.

— Que mulher!

— Faz gostoso? - perguntei, com uma pontinha de ciúme por não ter sido eu no lugar dele.

— Muito!

— Ela tem jeito mesmo de quem sabe das coisas - completei.

Caroço continuou...

— No começo se fez de tímida, disse que na primeira noite não, que não era qualquer uma, que não me conhecia direito. Aquele blá blá blá de sempre. Elas precisam se convencer de que são meninas corretas. Então comecei a passar a mão bem de leve na barriguinha dela e dizer umas sacanagens no seu ouvido. Toquei sua nuca e logo ela foi se soltando.

— Mais, mais, mais...

— Então ficamos nos beijando de olhos fechados, enquanto passava a mão pelas coxas dela. Lisinhas.

— E aí, Caroço?

— Disse a ela que tinha sido meu maior desejo desde o dia que a vi na praia. Ela ficou louca.

— Elas adoram isso! - confirmei.

— Ela já estava meio chapadinha, e transar doido de bagulho é bom demais, parece que a pele gruda.

— É verdade, a pele parece que gruda.

– Peguei a mão dela e coloquei em mim. Sabe o que ela fez? A safadinha cuspiu na palma e me masturbou pra valer.

– E aí? – quis saber mais.

– Aí que eu estava sem camisinha. Não sabia se você tinha, nem me arrisquei a pedir para Castor. Ele não devia ter camisinha em casa.

– Como não?! A mulher dele não faz programa?! Ela deveria ter.

Caroço ficou bravo:

– Porra, jamais cometeria uma indiscrição dessas, seu animal! Acha que eu iria bater no quarto deles para pedir a ela um pacote de camisinha? "Olá, Senhora Castor, pode me emprestar um pacote de preservativos?"

– Então não pegou a Milene?

– Peguei! Peguei sem camisinha mesmo! Estava morrendo de tesão, não consegui pensar em mais nada.

Achei graça. Caroço quis saber do que estava rindo.

– Caralho, Caroço! E todas essas campanhas de prevenção, não adiantam porra nenhuma, né?

– Sei lá, devem adiantar sim, mas eu não consegui me controlar.

Continuei...

– Porra, tô te falando isso também porque só peguei a Lore de camisinha na primeira semana. Depois larguei de lado. Sei que tem de usar, mas é uma merda!

Caroço foi enfático:

– Nem tenho medo de pegar nada, não! Meu medo é botar filho neste mundo. Fazer o que agora? Já foi. Sem camisinha, ela também não me pediu, ficaremos no "confiamos um no outro de primeira noite".

– Acontece. Depois você faz os exames e me conta o que deu – cutuquei-o.

– Que exame! Se eu tiver qualquer merda, não quero nem saber pra não morrer de véspera.

Ele confessou:

– Você sabia que minha mãe usava DIU quando ficou grávida de mim?

– Que maluco! Porra, que isso tem a ver? Como pode? – quis saber.

- Usava um DIU. Moral da história: quando tem de acontecer, acontece.

Achei graça. Colocar na mão de Deus. É assim.

- Qual foi? - quis saber Caroço.

- Você é foda mesmo, Caroço. Quer dizer então que você conseguiu furar o bloqueio do DIU - que viagem - e fecundar o óvulo da sua mãe? O espermatozoide que consegue essa façanha merece viver!

Caroço me deu um tapa na cabeça.

- Deixa de ser bobo, rapaz! Eu sou eu! O Caroço! Acha que tô de bobeira?

E começamos a rir juntos. O clima já estava menos tenso.

- Uma cerveja? - pegamos duas cervejas e voltamos para o nosso assento.

Nosso papo enveredou para um caminho estranho. Fiquei pensando sobre a falta da camisinha e achando que poderia estar me arriscando também - acumulador de paranoias. Mas que diabos! Já estava me arriscando havia tempos. Não era numa maldita parada no meio da estrada que minha consciência iria pesar. Detalhes. Pensei em comprar uns preservativos e dar outros para o meu amigo, mas depois mandei tudo para o inferno e que fosse o que Deus quisesse. Ou o diabo. Não é assim?

Vi quando elas se levantaram e foram ao banheiro. Creio que as decisões mais importantes na vida de uma mulher devem ser tomadas no banheiro. Depois de longos minutos, voltaram e sentaram-se conosco. Lore estava certa de que o carro não entrara no posto.

Precisávamos seguir viagem até o Rio de Janeiro e ainda levaríamos, no mínimo, umas oito horas, se não parássemos mais.

Voltamos para o carro e Lore fez questão de assumir o volante. Era ela quem dava as ordens desde o princípio. Caroço e Milene voltaram a seus postos de apaixonados e ficaram trocando carícias. Faltavam umas três horas para começar a escurecer, e a estrada naquele trecho estava um tapete. Colocamos um disco do Led Zeppelin e fomos curtindo o som. Meu amigo apertou mais um baseado e a fumaça tomou conta da atmosfera.

Ao nos aproximarmos de um posto policial, fomos parados. "Caralho!", pensei. A gente estava com o *beck*. Tinha maconha pra caramba e Lore estava armada. Os policiais iriam sacar. A gente estava prestes a ir em cana.

Lorena calmamente nos conduziu ao acostamento. O policial pediu os documentos e Caroço informou que os do carro estavam no porta-luvas. O policial pegou e foi até seu superior, posicionado um pouco mais à frente. Ficamos em silêncio. A maconha estava com Caroço. Não tivemos tempo de entregar às meninas. O policial voltou e mandou todo mundo descer. Fiquei tenso, talvez já estivessem atrás de nós. Talvez já houvessem descoberto tudo. Talvez aquele carro preto que nos seguia fosse realmente um policial e nos entregou, montando essa barreira. Estava me achando importante demais ou dando ainda mais importância a nossas vítimas.

Dois outros guardas nos questionaram a respeito de nossa viagem. Explicamos que estávamos indo para o Rio de Janeiro. Não demos maiores satisfações. Os homens passaram a revistar o carro. Chamaram Lorena para conferir junto a eles. Foram revirando tudo. Tiraram os tapetes, depois abriram o porta-luvas, o porta-malas, abriram nossas mochilas, espalharam nossas coisas enquanto o outro guarda requisitava, pelo rádio, uma policial feminina.

Estava certo de que eles sabiam de nós. Aquilo era uma armadilha, com certeza. Revistaram Caroço, me revistaram e fiquei intrigado com o sumiço da maconha. Como não haviam encontrado ainda? Onde poderia estar? E onde estaria o "berro" de Lorena? A patrulha feminina levou dez minutos até o local. Tudo muito rápido. Levaram as meninas um pouco mais adiante e as revistaram. Pensei que iriam colocar Lore e Milene nuas, mandá-las agachar para ver se encontravam algo em suas vaginas. Depois da limpa geral, deram o sinal de ok para os homens e liberaram as meninas. Lore retornou com ódio transbordando de seus olhos. Milene estava visivelmente constrangida. Os policiais, então, nos deram autorização para colocar nossas coisas de volta no carro. Caroço largou o saco de biscoito que até então não deixara de lado. Sua ansiedade parecia ser controlada a base de comida.

Com tudo pronto, deixamos os guardas frustrados, pegamos novamente o rumo e aceleramos o máximo que pudemos para sumir de perto daqueles senhores. Lore quis saber o que todos nós estávamos curiosos para descobrir: onde estava a maconha? Caroço perguntou se não estava com nenhum de nós. Respondemos, quase em uníssono, que em absoluto! Foi quando o filho da mãe pegou seu pacote de biscoitos e disse:

– Estava o tempo todo na minha mão.

– Como assim? – perguntamos juntos novamente.

– Esses biscoitos fedorentos de queijo servem para isso. Joguei a brenfa aqui dentro, misturei com os biscoitos e fiquei com ele na mão. Eles não se lembraram de pedir para revistar o pacote.

Ele ainda se vangloriou, dizendo que comprou o pacote grande porque já sabia que poderia servir para algo mais que matar a fome.

O susto fez todos nós rirmos de alívio. Caroço estava melhor que eu pensava, reformulei.

– E a arma, Lore? Como eles não acharam?

– Simples, quando estavam revistando as mochilas, entreguei minha bolsa para Milene, eles acharam que já tinham revistado aquela bolsa porque olharam a que estava com ela primeiro. Não perceberam. Polícia brasileira. Eficiência.

Dessa vez, desligamos o rádio e mantivemos a atenção na estrada. O fim de tarde estava cintilante. Céu rosa, azul, escurecendo aos poucos. Muito amarelo lá no fim do horizonte. A região era cercada por alguns latifúndios, e o cheiro de mato queimando sempre me trouxe um certo prazer. Uma lembrança da minha infância, dos dias mais tranquilos, de minha mãe, de meu pai. Bateu alguma saudade. Mantivemos o olhar perdido, cada um pensando em alguma coisa. A imaginação. O que estavam imaginando? Fiquei viajando neles. A mente é a única prisão do corpo. Quem é mais evoluído? O homem ou o vegetal? Uns trinta quilômetros à frente, Lorena identificou novamente o carro preto.

Sim, nós estávamos sendo seguidos! Lore pediu para que eu segurasse a direção, mas manteve o pé no acelerador. Pegou seu ferro, meteu o tronco para fora do carro e largou o dedo em direção ao carro preto, que desviou. Ele acendeu o farol alto e acelerou para cima da gente. Tive de pular para o banco do motorista, e ela ficou no meu colo, em parte, dificultando minha visão. Caroço e Milene se abaixaram, não havia mais nada que pudessem fazer. Apenas Lore estava armada.

O automóvel aumentou a velocidade e deu um tranco em nossa traseira. Lore bateu com a cabeça na porta do carro e caiu para dentro. Tentou novamente voltar à sua posição, mas o carro preto acelerou, emparelhou conosco e, quando o homem apareceu na janela, dirigindo com uma arma apontada na minha direção, freei bruscamente, deixando uma gigantesca marca de pneu no asfalto e fazendo com que nosso perseguidor passasse em disparada, ficando assim sob a nossa mira. Lore olhou para mim com o sorriso mais lindo do mundo. Os ingredientes para o inferno estavam todos reunidos.

Ela, numa melhor posição, pediu-me para acelerar enquanto mirava o filho da mãe. Continuava desejando saber quem era aquele coitado. Mas agora estava empenhado em matá-lo. Acelerei um pouco mais, porém o carro preto era veloz e se distanciou. O motorista deveria ser alguém muito preparado, de uma perícia ímpar. Todavia, Lore não gastava sua pouca munição à toa.

Quando consegui me aproximar, Lorena deu dois tiros: um em cada pneu, e o veículo, desgovernado, saiu da pista em alta velocidade e arrebentou uma cerca, indo parar num pasto. A sorte dele é que não havia uma árvore, poste ou qualquer coisa no caminho. Ao perder velocidade, ele ainda acelerou um pouco com os pneus furados. Ele também tinha uma arma, talvez até mais. Mas não esperava que a situação revertesse contra ele.

Nós não conseguiríamos descer com o carro pelo mesmo caminho. Existia um campo livre para que ele nos colocasse sob sua mira também. O que fazer? Lore não via outra alternativa além de descermos de carro até ele e depois atacá-lo. Milene e Cenoura ficaram de olho na rodovia. Caroço se posicionou de forma que não pudesse ser atingido. Apontei o carro para a direção do desgraçado e acelerei com toda força até atingi-lo em cheio.

Ele ainda deu alguns tiros, mas sabe lá Deus onde foram parar. Tomou uma pancada forte, que amassou toda a carroceria, e se pôs sob os impulsos mortais de Lore. Ela quis saber quem ele era. O desgraçado disse que não devia satisfações a ninguém. Tomou um tiro no joelho. Tiro no joelho é triste. Nunca mais iria andar direito na vida. Lore apontou para sua cabeça. Chamei Caroço, que veio trazendo minha barra de ferro. Milene também chegou, com aquele sorriso fofo que ela dava quando colocava a mão na boca. Lore disse:

– O desgraçado diz que não nos deve satisfação. Amarrem-no! Precisamos sair daqui antes que nos vejam.

Foi amarrado. Em seguida, colocado no nosso carro, que também teve alguns prejuízos, mas estava funcionando. Gemia de dor no joelho. Atamos sua boca. Lore apenas assentiu com a cabeça e lá se foi Milene tocar fogo no carro preto.

Saímos por uma trilha que levava até a estrada novamente. Tivemos de derrubar a cerca. Aquilo era uma propriedade privada e, das duas, uma: ou o capanga que vigia não quis se meter, com medo do que estava por acontecer, ou era tão grande que o dono nem tinha o controle de tudo que acontecia longe de sua senzala.

Peguei meu bastão de ferro e senti novamente aquele desejo de esmigalhar o crânio daquele infeliz. Contudo, precisávamos saber quem era o sujeito e o que queria. Seguimos por mais uma hora até encontrarmos um hotel. Entramos e pedimos quartos distantes. A noite já havia chegado e, para nossa sorte, os quartos estavam quase todos com as luzes apagadas. Ele continuava gemendo de dor.

Do carro, direto para dois quartos geminados. Daqueles em que era possível abrir a porta e manter uma relação com o quarto do vizinho. Fechamos as cortinas e sentamos o pobre diabo numa cadeira. Lorena estava muito excitada. Podia sentir pela sua respiração. Pediu que Caroço e Milene saíssem e deixassem apenas nós três no quarto. Eles foram namorar. Lore começou a me despir e disse que queria fazer sexo na frente daquele filho da mãe. Ficou nua, e começou a dançar sensualmente. O cara se mantinha frio, concentrando para administrar sua dor. Era, sem dúvida, um profissional. Nós havíamos revistado o desgraçado, mas não encontramos nada que o denunciasse como policial. Lore ficou de costas para ele e abriu bem as pernas.

Ele se mantinha sério. Quem se concentraria numa mulher nua, sentindo a dor de um tiro no joelho? Foi então que ela se aproximou do homem amarrado e tirou seus sapatos. Depois tirou suas meias. Estavam encharcadas de sangue. Ele me olhou como se estivesse com o controle da situação e pouco se importando com o que se passava, embora não conseguisse esconder pistas do seu ferimento. Lore se levantou e caminhou como uma libélula. Pegou uma bandeja que estava sobre o frigobar, virou-a de lado, segurou com força em cada ponta e deu uma pancada com tanta firmeza nos dedos do infeliz, que cheguei a ficar arrepiado. O grito dele, abafado pelo pano na boca, deu o tom da dor lancinante que devia ter sentido na junção de suas unhas com a carne.

Lore levantou-se e disse que pouco se importava se ele iria revelar ou não a que tinha vindo. Sua morte já estava decidida e nós não teríamos qualquer piedade de sua alma, muito menos de seu corpo. Agachou-se de novo, ergueu a bandeja até a altura de sua cabeça e baixou com ainda mais ódio. Era um ódio que se misturava com um tesão imediato após a contorção do corpo do homem. Seus dedos começaram a sangrar. Era uma cena louca. Um quarto de hotel com cortinas meio amareladas, uma cama de casal bem mole, travesseiros com fronhas de motivos florais, uma TV velha que ficou ligada para fazer algum som enquanto nos divertíamos e um banheiro cuja banheira havia ficado cheia para que pudéssemos tomar um banho juntos e relaxar.

Ele tinha munição numa mochila que encontramos no chão do carro. Confiou demais em sua sorte. Perdeu. Mais uma bandejada nos dedos e o sujeito começou a se mover de um lado para o outro, tentando cair. Foi quando ouvimos um toque na porta. Escutamos mais alguns toques delicados e não eram nossos amigos. Na terceira batida, Lore enrolou-se numa toalha e me pediu para entrar com ele no banheiro, pois precisava atender

PÓLVORA

ao chamado. Arrastei sua cadeira até lá e o tranquei no banheiro. Com minha barra de ferro o ameacei, caso fizesse algum barulho. Lore conversava com o rapaz da recepção, que viera pedir a assinatura de uns papéis de todos os hóspedes, tendo em vista que a chave fora dada na mão de Lore, enquanto nós seguíramos direto para os quartos.

Ela me chamou. Deixei um aviso claro ao nosso convidado: se tentasse algo, tomaria uma surra de ferro e não pouparia seu outro joelho. Sua expressão já não era mais de tanta confiança em si mesmo. Aproximei-me, levantei sua calça, passei a toalha para limpar o sangue e cutuquei seu machucado com o bastão. Ele dava gritos surdos. Urrava de dor sem poder ser ouvido. Saí do banheiro e fechei a porta. Enquanto estava assinando qualquer coisa naqueles papéis inúteis, ouvimos um barulho vindo de trás da porta. O recepcionista olhou com alguma curiosidade. Lore interveio:

– Espero que nosso coelho não tenha feito besteira!

E sorriu. Praticamente colocamos o rapaz para correr.

Quando entramos no banheiro...

Capítulo 10 –
Na terra dos pés juntos

Alguém me dizia alguma coisa. Alguém que eu não conseguia ver. As paredes do hotel estavam debochando de mim. Lore estava nua. Havia um homem amarrado ali dentro. Havia sangue pelo chão. Havia o cheiro da morte em minhas roupas. Os gemidos me transportaram para um dia de minha infância, na ocasião em que fiz aniversário e houve uma festa, bolo, balões... Que diabos! Não sei por quais caminhos entrei para chegar até aqui. Um monte de crianças brincando, minha mãe e meu pai sorridentes. Acho que não cheguei a comentar sobre meu irmão Paulo. Ele era mais velho, tinha dezesseis anos na época. Vivia com um fone no ouvido e isolado de todo mundo. Mas eu gostava dele. Ensinou-me umas coisas engraçadas, alguns truques de mágica que nunca consegui fazer como ele fazia. Ele era ansioso. Não tenho muitas memórias a seu respeito. Aos dezoito anos foi morar na Austrália e, depois disso, perdemos contato. Mas sua expressão me veio à cabeça. Expressão de raiva do mundo.

Uma mulher toda de preto - acho que era minha tia, morreu jovem - levou-me até um dos cômodos da casa. Era uma pessoa distante, aparecia pouco, falava apenas o suficiente. Seu corpo era branco, a ponto de se conseguir ver as veias com nitidez. Contudo, era ternamente bela. Acho que eu devia ter uns sete anos. O murmurinho da celebração e a música infantil me soam nítidos. Ela pega minha mão e passa em seus braços. Eu recuo. Ela sorri e fala palavras gentis. Expõe uma língua cor de rosa. Fiquei com medo, porém curioso. Ela ficou nua. Achei que alguém pudesse entrar e nos flagrar. A porta estava trancada. Ela me deu um beijo na bochecha. Lembro--me de ter sentido algo que não sentira antes. Pediu que eu beijasse seus seios. Ofereceu-os à minha boca infantil. Pediu que eu fingisse que eram uma chupeta, e de fato pareciam uma chupeta. Bicos pontiagudos. Eu não chupava chupeta fazia tempos, mas colei a boca neles. Ela me acariciava

delicadamente. Abaixou meu short. Ela balançou meu pequeno pênis com os dois dedinhos de um lado para o outro. Acho que foi a primeira vez que senti prazer, mas não sabia o que era prazer. Eu queria sair, mas queria ficar ao mesmo tempo. Ela mexia em mim e sorria. Senta num sofá velho que por lá morava e abre as pernas. Só tinha visto uma mulher assim numa revista pornográfica de um porteiro do prédio vizinho. Chama-me pelo nome e aquilo me seduz perigosamente. Meu coração pequeno está muito acelerado.

Alguém bate na porta. Ela se veste rapidamente.

De repente, volto à realidade. Era a voz de Lorena.

O cheiro de sangue. O rastro da cor que saiu do homem. Ele estava se afogando na banheira. O filho da mãe tinha se balançado para tentar chamar a atenção, sabia que havia alguém estranho do lado de fora. Mas levou azar novamente e caiu dentro da banheira cheia. Caiu com cadeira e tudo. Boçal! Podia tê-lo largado lá, debatendo-se como um peixe no asfalto. Eu estava tonto. Acho que minha pressão baixou. Lore levantou a cabeça do infeliz antes que ele sufocasse. Com muito esforço, consegui puxá-lo de volta para fora da água, e da minha mão partiu um tapa certeiro em sua face.

- Não vai morrer assim não, seu merda!

Lore foi até a porta do quarto verificar se o recepcionista estava por perto. Não havia nada além da noite.

- Vai nos dizer quem te mandou aqui? Vai nos contar por que estava nos seguindo?

Ele sinalizou que não. Lore veio com o livro que eu estava lendo e acertou com força em sua orelha. O impacto fez respingar partículas de água de seu cabelo molhado em direção ao espelho.

- É melhor matarmos! Ele não vai contar nada. Já temos a munição de que precisamos - eu disse.

- Se ele está nos seguindo, alguém o enviou. Se alguém o enviou, teremos em breve novas companhias. Precisamos dar um jeito nisso - enfatizou Lorena.

Ouvimos um grito horripilante vindo da parede ao lado. Corri com meu bastão de ferro e bati na porta que ligava os dois quartos. Foi o grito mais bizarro que já ouvi em toda a minha vida. Dei um chute e invadi. Milene estava com a boca cheia de sangue. Corri para socorrê-la. Caroço estava aos berros. Lore apareceu logo em seguida.

— O que aconteceu aqui?

O coelho correu para o nosso quarto. Seus pelos branquinhos estavam manchados de vermelho. Caroço se contorcia de dor. Milene permanecia com um olhar vidrado. Muito sangue na boca. Foi quando olhei para o chão e vi um objeto estranho. A cama começou a ficar completamente escarlate. Lore pegou o objeto com as mãos.

Era a cabeça de um pênis. Milene havia arrancado a cabeça do pênis de Caroço com uma mordida. Meu amigo entrou em estado de choque, corri para socorrê-lo. Lorena pegou Milene pelo braço, apontou a arma em sua direção. Ela, cuspindo e babando sangue, gritou:

— Esse filho da mãe nos traiu! Foi ele quem colocou o homem que está no quarto de vocês atrás de nós.

Impossível, pensei. Aquilo não fazia o menor sentido. Caroço estava se esvaindo em sangue. Eu não sabia o que fazer, nunca tinha visto um pênis decapitado. Corri ao frigobar e peguei gelo. Sangrava muito. As vozes voltaram a me incomodar! Aquilo estava virando uma loucura completa. Coloquei uma fronha no sexo de Caroço e amarrei com um cadarço de tênis, tentando estancar a hemorragia. Era patético e óbvio que não resolveria o problema. Você não imagina o que é um pênis sem cabeça. Parecia uma flor aberta, uma lagartixa murcha. Ele apenas gemia. Nem tinha mais forças para gritar. No meu quarto, Milene e Lore conversavam exaltadas. Precisava tomar uma atitude. Logo apareceriam outros hóspedes ou o recepcionista. O cenário era caótico.

— Não entreguei ninguém — disse Caroço. — Ajude-me, por favor, essa menina é louca! Eu vou morrer! Eu vou morrer!

Ele chorava em pânico total. Suas mãos estavam sujas. O cheiro do sangue era forte. Tentei acalmá-lo. Mas como se acalma alguém com a tampa do pênis arrancado? Pedi a ele para manter a respiração profunda e evitar que seus batimentos acelerados aumentassem o volume de sangue em suas veias.

Deixei Caroço na cama e fui até as meninas. O homem permanecia preso no banheiro. Seu rosto de pânico o incriminava, dando veracidade à versão de nossa amiga. Milene continuava falando um monte de coisas sem sentido. Segundo ela, Caroço havia deixado uma carta dentro de um livro que pegara na biblioteca de Castor. Lembrei que, de fato, ele estava circulando com um exemplar de *Moby Dick*, grande, de capa dura, pra cima e pra baixo. Mas até aí, qual seria o objetivo para nos denunciar? Foi Caroço quem pedira para vir conosco. Tudo muito obscuro, sinistro, irreal. Milene continuou contando que, após o sexo da noite, levantou-se e foi à cozinha buscar algo para beber e viu o livro em cima da mesa. Pegou e percebeu que existia um papel. Ela ficou desconfiada de Caroço quando o viu, disfarçada-mente, colocando o escrito entre as páginas do exemplar quando os dois se distanciaram, e ficou com a dúvida pulsando em sua mente.

Acho que, quando cometemos crimes, quando fazemos algo que não parece certo, todo o panorama da vida muda. A desconfiança passa a cir-cular pelas artérias, a contaminar as ações alheias, não existe mais aquela tranquilidade, o tédio, a sensação de paz que talvez pontuasse alguns mo-mentos de descontração. Todo mundo representa um perigo. Estávamos havia dias circulando sem rumo, sem objetivos. Matamos pessoas, talvez tenhamos lidado com energias que não conhecíamos. A vida real é muito diferente, muito além dos filmes de ação e terror que passam na televisão.

Milene estava concentrada como um chacal à espera de seu jantar no meio do deserto. Imaginei que talvez Caroço tenha ficado com medo de nossa ação no momento do assalto ao caixa de sua pousada. Toda aquela atividade dentro de sua pacata casa de hóspedes. Aquele balneário, as pessoas recebidas ali eram seu único ganha-pão, era a herança de seu pai. Lembro que Lore foi muito violenta quando lhe apontou a arma. Caroço era sábio, sempre soube como se sair de situações de risco muito bem. Forjou toda aquela cena com a empregada e com os gays para poder escapar com vida. Aproveitou o embalo e nos levou até seu amigo e lá pediu socorro numa mensagem cifrada. Nossa amiga, ainda cheia de sangue escorrendo pela boca, insistiu que, embora tenha interceptado a carta, lido e rasgado, ele, de alguma maneira, conseguira dar o recado e, depois que saímos em direção ao Rio de Janeiro, passamos a ser seguidos.

"Como poderia ter acontecido isso?", questionei um a um os neurônios que transitavam confusos em meu cérebro. Logo Caroço? Logo o cara que eu mais admirava? Em quem acreditar? Num dos meus melhores amigos de juventude ou numa louca piromaníaca que conhecemos na estrada?

Lore correu até onde estavam os pertences de Caroço e pegou seu celular. Começou a mexer nele. Mulheres entendem de celular melhor do que qualquer técnico. Em poucos segundos, voltou com uma pista. Havia uma ligação feita poucas horas antes para Castor. O horário batia com o do momento que paramos na estrada, na tentativa de despistar nosso perseguidor. Ele devia ter ligado quando ficou no seu posto de observação sozinho, supus. Mas ainda não era o suficiente. Não poderia incriminar meu amigo por conta de pequenas coincidências. Já tivera provas de que coincidências surpreendentes aconteciam, mas era difícil crer em algo assim. Lore foi ainda mais eficiente na arte de duvidar e ligou para o número seguinte ao da ligação feita para o ex-padre maconheiro, e o que aconteceu? Um telefone começou a tocar dentro do quarto. Milene se transformou completamente. Parecia um cão farejador e só parou de se mover freneticamente quando atendeu o aparelho que tocava na bolsa em que estavam as munições. Era a prova cabal.

As lembranças da MMML, os livros, nossas brincadeiras, nossos encontros, nossos amigos. A poesia, as meninas, Rosinha, tudo que vivemos juntos, tudo que sonhamos e conversamos todo aquele período. O tempo muda mesmo as pessoas. É muito esquisito. Pensando bem, quem poderia imaginar que eu me apaixonaria por alguém como Lore, que me tornaria viciado nessa adrenalina, tomaria gosto pela morte? Basta um pequeno atalho e tudo muda. O limiar do desconhecido, o que alimenta o enigma chamado viver.

Lore percebeu minha consternação, aproximou-se e me deu um abraço carinhoso. Em quem se pode confiar? Qual a motivação das pessoas? O que é traição? O que é lealdade? O que é fidelidade? Qual o controle que temos sobre a existência, sobre os outros? Tanta coisa passava ao mesmo tempo pela minha cabeça e de um lado havia um cenário de terror com uma pessoa amarrada, ferrada, consciente da proximidade de seu fim. Do outro lado, alguém que julguei conhecer. Estava num transe de profunda confusão. Ódio, rancor, sentimentos que nunca havia cultivado.

Peguei a arma de Lorena, que, a essa altura, estava carregada, e fui até Caroço. Ele gritava que era tudo mentira. Implorava por piedade. Lembrava de nossas regras, nossos segredos, nossos pactos. Alguém bateu à porta novamente. Abri e era o recepcionista. Ele viu a cena. Acertei um tiro na sua cabeça sem pensar duas vezes. O barulho fez com que algumas luzes se acendessem. Saí do quarto e subi correndo para o andar em que um casal com pijamas olhava pela janela. Matei os dois. Um tiro em cada olho. Em seguida, as vozes em minha cabeça me orientavam a não deixar qualquer testemunha. Fui de quarto em quarto matando qualquer coisa que se mexesse e recolhendo joias, dinheiro e os pertences que cabiam em minhas mãos. Matando e amando. Matando e sentindo o gosto de Deus. Num dos quartos, um homem que matei, enquanto sonhava, portava uma arma. Peguei-a pra mim. Muitas pessoas portam armas. Eu poderia ter morrido. Mas não morri!

Lore estava assustada. Nosso pequeno Cenoura fugira pela fresta da porta. Milene correu atrás dele, mas não a tempo de impedir que fosse atropelado no meio da estrada. Ela caiu em prantos no chão, a boca manchada com o sangue de Caroço. Em poucas horas, nossa família estava despedaçada.

Com a arma em punho e todas aquelas pessoas mortas, parei na sacada e ouvi apenas o barulho dos carros que passavam em alta velocidade na estrada e o choro de Milene. Congelei.

Senti novamente o frio na barriga semelhante ao do momento em que a porta se abriu e minha mãe entrou no quarto em que eu e minha tia estávamos vivendo uma experiência reveladora. Tentei fingir que tudo estava bem, mas meu peito pulsava. Minha tia, com tranquilidade, puxou um presente da bolsa e disse que queria fazer uma surpresa para mamãe.

PÓLVORA

Era um conjunto completo com calça jeans, cueca, camisa, meia. Minha mãe, creio eu, jamais desconfiara do que acontecia ali entre nós. Titia pediu que ela saísse do quarto, pois me vestiria para que pudesse voltar para a festa com a roupa nova. Era sua surpresa para a festa. E foi o que aconteceu. Acho que ali entendi como algumas coisas funcionavam entre os adultos. Vesti peça por peça, ela sussurrou nosso segredo e pediu que o guardasse como se guarda a chave de um tesouro. Foi o que fiz. Nunca cheguei a comentar isso, nem com meus melhores amigos. Ela voltou outras vezes à minha casa para me oferecer uma sensação de aflição no pênis, que eu adorava, e isso nos aproximou até o dia de sua morte. Depois, talvez por algum bloqueio, não conseguia me lembrar de nada, e essas memórias estavam borbulhando em minha mente justo nesse momento.

A arma estava quente. Precisávamos sumir dali o quanto antes. Voltei correndo para o quarto. Caroço estava desmaiado. Milene misturara em sua bebida o remédio de sua mãe. Tudo muito rápido. Eu não sabia o que fazer. É péssima a sensação de não ter a solução para o que, até então, parecia sob controle. Lorena, de supetão, tomou a arma de mim e foi até Caroço. Deu cinco tiros no seu peito. Depois voltou e me abraçou.

Meu amigo morreu assim.

O preço da traição.

O ódio veio subindo por meus pés, passando por minhas artérias, contaminando meus nervos, meus órgãos, minhas vísceras. Peguei o bastão, fui ao banheiro e atingi nosso perseguidor com toda energia de ira que me cabia, partindo ao meio a cabeça do imbecil que ousou se meter em nosso caminho. Seus miolos escorreram pelo crânio. O osso branco da gaveta de sua mente estava exposto. O cenário era de filme de terror. Muito sangue, muita dor, muito ódio. O demônio sorria de dentro do espelho. A morte dançava com o vento que balançava as cortinas.

Lore pegou a cabeça do pênis de Caroço que havia sido arrancada por Milene e guardou num copo com uísque. Disse que levaria como souvenir. Onde estava Deus? Desamarrei nosso perseguidor e o coloquei junto de

Caroço na cama. Ainda estava inconformado com toda aquela loucura, mas precisávamos fugir dali o quanto antes. Um chão de sopa.

Estávamos imundos; precisávamos, pelo menos, trocar as roupas. Milene e Lore entraram no banheiro para se limpar. Dessa vez, tentei me concentrar em algo que pudesse nos livrar daquele lugar maldito.

Um hotel, na beira de estrada, com doze pessoas mortas. Enquanto elas se banhavam, subi para trancar as portas dos quartos dos hóspedes que matei. Pelo menos até que estivéssemos longe, precisávamos dificultar o acesso aos corpos. Quando estava descendo, vi um homem se aproximando com uma bicicleta. Era o rapaz da padaria trazendo pão. Bateu na recepção e não encontrou ninguém.

Fiquei de longe observando seus movimentos. Deu a volta no pequeno estabelecimento e viu que não havia uma alma viva por ali. Pegou seu celular e ligou. O telefone tocou no bolso do recepcionista, que estava morto no quarto junto com Caroço e o homem do carro preto. Tocou, tocou, até que o padeiro localizou de onde vinha o som. Imbecil! Poderia ter ido embora. Deveria ter deixado o pão e partido, mas não. Aproximou-se e ligou novamente.

Fiquei tenso e preocupado.

Bateu na janela do quarto. As luzes estavam acesas. Tenho certeza de que ele viu o que se passava lá dentro. Não pensei duas vezes, desci e resolvi perguntar do que se tratava. Ele olhou com pavor para mim, mirou a mancha de sangue na minha roupa. Largou o celular e tentou sair pedalando aquela bicicleta velha de uma figa.

Levou um tiro certeiro na nuca e foi fazer companhia aos demais na terra dos pés juntos. A carnificina estava completa. Um espetáculo da natureza. A natureza é indiferente, não se importa com os homens. Os homens é que pensam que são importantes demais para ela. Se estão vivos ou não, como levam o cotidiano, as conquistas, os dissabores. Nada disso interessa à natureza. Ela é implacável e simplesmente é.

Peguei o saco de pães, que ainda estavam quentes. Destruí a bicicleta com pisões e coronhadas. Estava passando por um momento um pouco mais complicado. De volta ao quarto, as meninas já estavam de banho tomado.

– Para onde vamos? – perguntou Milene.

– Para qualquer lugar longe desse cemitério – respondeu Lore.

Até aquele momento, ela sempre parecera fria, calculista, detentora do efeito que causava nas pessoas, no ambiente. Mas já pairava um clima de desespero entre nós. Além do mais, não poderíamos pegar o carro de Caroço. Voltar à estrada com aquele automóvel cientes de que já estávamos sendo seguidos seria muita burrice.

Coloquei o saco de pães quentinhos sobre o criado mudo. Ninguém se interessou por ele. Faltava pouco mais de duas horas para o dia amanhecer. Decidi voltar ao quarto de algum dos hóspedes que mandei para a eternidade e tomar a chave de um dos carros estacionados para que pudéssemos seguir viagem. Lore concordou. Milene estava apática. O efeito da loucura estaria passando gradualmente? Será que em pouco tempo faríamos contato com a razão e perceberíamos a dimensão da coisa em que estávamos envolvidos?

Por quais caminhos fiz minhas escolhas? E as famílias daquelas pessoas? Seus destinos? Para onde iriam? Com quem se encontrariam? Tinham planos? Caralho! Chicotadas de consciência. Não era a hora certa para angústia. A gente precisava dar uma solução eficaz para o caso e sumir logo dali.

Lembrei-me de meu pai correndo comigo no campo. De uma bola daquelas grandes e coloridas de parques de diversão quicando de um lado para outro. A grama verde, a fome do fim da tarde saciada com um lanche num botequim, onde o velho encontrava os amigos e ficava batendo papo. Eu gostava de brincar com os palitos de dente, de girá-los na ponta do meu nariz como se fosse a hélice de um avião. Gostava quando chegava a noite e meu pai me colocava na cama, massageava atrás das minhas pernas, em que sentia uma dor terrível. Ele dizia que era a dor do crescimento. Para todo crescimento há uma dor. Mas não há remédios para todas as dores. Onde estariam meu pai, minha mãe? Eu precisava de um conselho deles agora. O que diriam para mim nesse momento?

Voltei ao quarto do casal que tive de matar primeiro. Os corpos espalhados sem vida. Quando entrei para procurar as chaves, meu peito apertou. O corpo do homem estava próximo à janela. Foi ele quem alvejei primeiro. O da mulher arrastei para dentro e larguei diante da porta. Não tinha reparado um pouco mais à frente. Juro que não sabia que ali havia um bebê dormindo num berço atrás da cômoda da televisão. Fiquei sem ação. Tive vontade de chorar. Cheguei a apontar a arma para minha própria cabeça e pensei em colocar um fim naquilo tudo. Absurdo total. Já havia ido longe demais. Por todos os santos, por todos os anjos, por todos os diabos. O bebê dormia serenamente. Respirava com a calma dos sonhos encantados. Sua barriguinha descoberta subia e descia lentamente. Da sua boca escorria uma babinha de paz, relaxamento completo. A chupeta largada ao lado, junto com seu ursinho. Meu Deus! Repeti um milhão de vezes. Meu Deus!

Que diabos de Deus era esse que não intervinha em nada! O livre arbítrio para justificar sua impotência ou preguiça?

Pensei em pegá-lo no colo e levá-lo até Lore. Talvez ela soubesse o que fazer. Mas o que faríamos com aquele ser pequenino desprotegido? Seus pais jaziam diluídos em poças. Ele logo acordaria em busca do seio da mãe. Nada, para aquela pequena vida, tinha mais importância do que a mãe, e eu a havia desconectado dele.

Sentei no chão e pus a mão na cabeça. Confesso que pensei em sair correndo pela estrada, abandonar Lore, abandonar todo aquele inferno e desaparecer no mundo. Mas tive de voltar à razão. Buscar a razão em meio à insanidade é um trabalho muito complicado e que exige um autoconhecimento que consegui desenvolver nesses últimos tempos. Ouvi Lore gritando lá debaixo. Com as coisas arrumadas, estava com a arma em punho e me chamando para pegarmos logo o automóvel. Mas não podia abandonar aquele bebê sozinho. Fui até o berço e o peguei com cuidado para que não despertasse. Quando apareci na sacada do hotel com a criança no colo, foi a vez de Lore congelar.

Milene correu em minha direção e tomou a criança dos meus braços.

- Eu juro que não sabia que havia um bebê no quarto! Eu juro! Juro por tudo que é mais sagrado nesta vida!

- Xiiiiiiii!!! Vai acordá-lo - salientou Milene

Descemos a escada.

- O que vamos fazer com essa criança? - quis saber.

Os olhos de Lore se encheram de lágrimas. Toda a humanidade que havia desaparecido de nosso convívio nos últimos dias sucumbiu à inocência.

- Vamos levá-lo? - perguntei.

- Não podemos levá-lo - Lore foi incisiva. - Não temos como cuidar desse bebê.

- Mas nós matamos os pais dele, CARALHO! - aumentei o tom.

Lore começou a andar de um lado para o outro como uma mosca no vidro.

- Vamos matá-lo! - disse Milene.

- Como matá-lo? Você é louca? Teria coragem de matar um bebê?

- Vamos matá-lo! - ela continuou. - Nós tiramos dele a coisa mais importante de sua vida. Nós matamos seus pais. O que será desse menino? Vamos matá-lo. Ele não sentirá nada. Está dormindo. Continuará dormindo para sempre. Não vai saber o que se passou.

- Esse carma não quero pra mim. Você está completamente louca. Tiramos os pais, mas ele pode ter avós, poder ter alguém que zele por sua existência. Pode ter uma vida. Pode ter um destino, um futuro, uma chance!

Lore olhou bem nos meus olhos e reparei, pela primeira vez, em sua tristeza.

- Vamos matá-lo - ela afirmou. - Vamos deixá-lo junto de seus pais. É o melhor a fazer. Não é justo com essa criança.

- Quem vai matá-lo? - perguntei.

- Você vai matá-lo! - Lorena ordenou. - Foi você quem saiu feito um louco matando todo mundo que estava no hotel. Agora seja homem e mate essa criança!

Lembrei-me de uma passagem da Bíblia - uma das poucas que conhecia -, quando Deus pede que o pai sacrifique seu filho em nome da fé.

Foi nossa primeira briga. Até então, não havíamos tido qualquer desentendimento.

- Vamos matá-lo logo e dar o fora daqui! - insistiu Milene.

- Não posso. Não consigo. Não sou capaz!

- Dane-se você, seu idiota, dê-me essa criança aqui! Eu vou matá-la
agora!

E Lore apontou a arma para o bebê, que começava a dar sinais de que
acordaria. Achei incrível que não tivesse despertado ainda. Talvez fosse a
mão divina ninando aquela criança e protegendo-a de participar de um diálogo tão absurdamente cruel.

- É um bebê, porra!

Lore abaixou o revólver e o colocou na cintura. Meteu a mão no meu
rosto com força.

- Acorda, porra! Não podemos levar essa criança. Se ficarmos mais
um pouco, seremos encontrados. Tem dezenas de cadáveres espalhados
por aqui. O dia logo amanhecerá. Leve este menino para o quarto de seus
pais e termine de uma vez com isso, ou então serei obrigada a acabar com
essa história aqui!

Lore apontou sua arma para mim, assustando-me, intimidando-me.
Milene pegou na mala o remédio de sua mãe e disse:

- Pingo três gotas disso na chupetinha dele e nem vai sentir nada.
Depois a gente coloca fogo nesse hotel e pronto. Só sobrarão cinzas.

- Muito bem. Muito bem - tentei mostrar firmeza. - Dê-me a arma!

Lore pôs o revólver na minha mão.

- Se fui eu quem acabou com a vida de seus pais, então serei eu quem
vai lhe devolver a eles.

Entreguei a chave do carro do casal para Lore e subi com a arma,
o bebê e a minha existência em xeque. A cada degrau, arrependia-me um
pouco de tudo que, até então, não havia me dado por conta. Todo o poder
que senti, ao ter poder sobre a vida alheia, passo a passo ia se esvaindo
sob meus pés.

PÓLVORA

Entrei no quarto com a criança no colo. Deitei-a no berço. Peguei o corpo de seu pai e carreguei-o até a cama. Tirei sua mãe do chão e a pus junto dele. Finalmente, reaproximei os três no mesmo pequeno espaço de mundo que lhes cabia. Seus corpos ainda estavam quentes. Fechei a porta com cuidado para não acordá-lo. Olhei para aquela família.

Apontei a arma...

Capítulo 11 – Love Story

A luz de neon da placa do hotel piscava. Iluminando e escurecendo o quarto. Era uma luz vermelha. Love Story – o nome do estabelecimento. Ironia do destino. Para quem conhece a madrugada, o céu dava sinais de que o sol logo iluminaria aquele quintal de Satã. Em momento algum me veio à mente, até então, o pensamento de que estávamos muito próximos de acabar num final deprimente como esse. Já estava me acostumando com a ideia de que, nos livrando do homem do carro preto, seguiríamos até o Rio de Janeiro e, quem sabe, daríamos um tempo por lá para organizar as coisas. Milene finalmente poderia dar início ao seu curso de Astrologia, Lore conseguiria de volta seu trabalho no posto de saúde e eu e Caroço poderíamos montar algum novo negócio. Talvez tentar reunir nosso grupo novamente. Tinha o desejo de saber o que acontecera com meus outros amigos da MMML. Contudo, a realidade agora era muito diferente do que supus quando me decidi por me alimentar do pavor das expressões alheias. Confesso: esse prazer me seduziu e essa adrenalina de não haver um destino previsto me instigou o tempo todo. Mas e agora? O que seria de nós? Seríamos presos? Mortos pela policia? Milhares de capas de jornais estampariam nossas fotos, nossos crimes? Viraríamos celebridades?

Perguntas que me fazia e que faziam completo sentido. Pelo menos para mim.

Talvez fôssemos o que a imprensa precisava naquele momento de tédio editorial para conquistar os leitores, telespectadores, internautas, qualquer espécie de gente que adorasse degustar a desgraça alheia. O sensacionalismo que beirava ao ridículo. Eles investigariam tudo. Descobririam cada passo que demos. Consultariam especialistas, exporiam nossas famílias e as de nossas vitimas, traçariam nossos perfis psicológicos, entrevistariam nossos amigos, nossos vizinhos. Detalhariam cada aspecto de nossos passados. As escolas nas quais estudamos, nossos relaciona-

mentos, invadiriam até as cinquenta últimas gerações. Nós éramos os personagens perfeitos para o ritual da entressafra de escândalos políticos. E se descobrissem nossa maconha? Aí teriam a conclusão perfeita. Drogados, assassinos, levados pelo vício. Culpa da erva. Manteriam um bando de idiotas alienados, acreditando que fomos motivados ou que tivemos algum surto de insanidade por conta da nossa plantinha. Pobres cordeirinhos. Mal sabem o quanto é divertido e sedutor o poder de decisão sobre quem segue respirando e quem vai descobrir se existe ou não vida após a morte.

É um fato legítimo que o contato com esse bebê me tirou de um transe. Mas eu não queria. Estava feliz como andava e precisava de uma vez por todas acabar com essa baboseira que invadira a minha mente. Bastava apertar o gatilho e pronto. A criança nem saberia quem veio a ser. Nenéns não formam palavras no cérebro, logo, não conseguem raciocinar de uma forma objetiva, são puramente instintivos. Só comem, fazem cocô e choram, enquanto observam o mundo e vão fazendo suas conexões. Provavelmente não teria a menor noção do perigo que estava correndo se despertasse agora e me visse apontando a arma para seu conglomerado de células e moléculas.

O neném deu sinais de que acordaria. Minhas mãos tremiam muito. Cada segundo que se passava me deixava ainda mais confuso. O primeiro ruído do choro da criança entrou no meu ouvido como uma agulha de crochê. Se antes parecia impossível apertar o gatilho, agora eu não sabia se seria capaz de fazê-lo. Não posso afirmar quanto tempo fiquei ali dentro. Nem quantas frequências e vibrações díspares invadiram minha cabeça.

Num lapso de humanidade, imaginei que talvez pudéssemos levar a criança até o distrito mais próximo e deixá-la em algum hospital, numa casa, num bar, em qualquer lugar com uma carta explicando a situação toda. Como nos desenhos animados, quando o Pica-Pau abre sua porta e encontra um bebê chorão num cesto com uma cartinha. É claro que aquele episódio não passaria em branco, logo a população teria acesso a cada detalhe desse caso e conseguiria encontrar seus avós, tios ou qualquer outro parente que assumisse a responsabilidade de cuidá-lo.

POLVORA

Apareceria na televisão. Seria alçado como o único sobrevivente da chacina e, com certeza, teria também um papel importante na exploração de toda essa história. Precisava respirar um pouco. Precisava ser prático como fora até então. Mas não é tão simples assim atentar contra a vida de um ser humano tão inocente. Não me arrependia de nenhum dos que mandara para o purgatório até o momento, nem mesmo esses últimos que sofreram as consequências de estarem no lugar errado na hora errada. Quando chega o dia da sua partida, pode estar andando no centro da cidade, debaixo de uma marquise e ser atingido pela roda de um carro que se desprende e te acerta no peito com toda força, te esmagando na parede. A morte anda sempre à espreita com seu caderninho e é a única prova na vida em que ninguém é reprovado.

Olhei bem para ele; para seus pais; para a poça de sangue no chão. Pensando bem... O melhor seria realmente levá-lo conosco. Eu deveria voltar e assumir uma postura de homem e dar as ordens dali em diante. A criança seguiria. O que aconteceria do seu futuro não seria problema meu.

Decidi procurar os documentos dos pais. Colocaria dentro de sua fralda e isso, na cidade mais próxima, facilitaria o seu resgate. Na bolsa da mãe, encontrei sua carteira com cartões de crédito, algum dinheiro que peguei para mim e fotos de outra criança. Seria sua filha? Cada passo dado em direção ao destino daquelas pessoas me doía como um prego fincado nas mãos do Salvador. Seriam chagas que eu levaria até o fim da minha vida? Chagas cerebrais. Encontrei a identidade. Nome do pai, nome da mãe, data de nascimento: 12/08/1989. Quantos anos ainda teriam juntos pela frente se houvessem escolhido outro hotel?

Ouvi novamente a criança resmungando. Eu precisava de um pouco mais de tempo para juntar tudo e interceder a favor de sua vida. Torcia para que o bebê se mantivesse quieto. Seu choro poderia chamar a atenção de Lore e a última coisa que desejava era me tornar serviçal de suas orientações infanticidas. Juntei algumas roupas limpas e consegui encontrar a pequena bolsa colorida, cheia de bichinhos e com os pertences do bebezinho. Chupetas, mamadeiras, fraldas, lenços, pomadas, um pequeno pote com um pozinho marrom, brinquedinhos... Coisas que faziam parte de suas pequenas necessidades cotidianas.

Na mala de seu pai encontrei, além das roupas, alguns discos que deviam ter sido comprados na beira da estrada. Nada que prestasse. No meio da bagunça toda, encontrei sua carteira, que estava junto com o documento do carro. Levei tudo comigo. Não tive tempo de olhar mais nada. O menino começou a chorar. Chorava muito. Chorava como se soubesse o que estava acontecendo. Chorava como se pressentisse a morte. Como se ela nos observasse como sua babá, prestes a ninar seu corpinho. Fui até a cama levando uma chupeta e tentei colocá-la em sua boca, mas ele cuspia fora. A profundidade de onde vinha aquele berro era algo desconhecido para mim. Tentei novamente colocá-la entre seus lábios, mas não consegui. Fiquei apavorado.

– Suga isso, moleque, e cala essa matraca!

Apontei novamente a arma em sua direção. Era melhor acabar logo com aquele sofrimento. Fechei os olhos para não ver. Ele urrava. Corri para um lado, larguei a arma no chão. Ainda estava escuro. As luzes de neon do Love Story continuavam piscando. Eu precisava tomar uma atitude para salvar aquele menino ou então explodir de uma vez seus miolinhos.

Ouvi Lore gritando lá debaixo. Fui novamente até a janela e pedi mais alguns minutos. Quanto tempo teria passado enquanto estive lá? O choro já estava me deixando louco. Foi quando tive a ideia de oferecer o peito de sua mãe para acalmá-lo, até que eu tomasse coragem para fazer o que devia ser feito. Ela estava morta, mas ainda deveria ter seu leite final. Seu cadáver ainda estava quente.

Subi na cama por cima dos corpos. Virei a mulher de lado e puxei seu seio farto para fora. Tive de correr até o banheiro para pegar uma toalha e limpar o sangue que escorria por seu pescoço. Não queria que o bebê tomasse leite misturado com o sangue que vazava pelo buraco da bala. Estrago que causei e que estava me incomodando intensamente. Após colocá-la na posição em que pudesse receber a criança e alimentá-la, com cuidado, aproximei a boca do bebê ao bico do seio de sua mãe, e ele parou de chorar ao começar a sugar seu leite. Graças a Deus! Aquele choro estava me enlouquecendo.

Distanciei-me e fiquei observando a cena. Ainda que estivesse morta, era a mãe que lhe oferecia o que mais precisava naquele momento. Lembrei-me de minha mãe. Dos desenhos que fazia para ela na escola no Dia das Mães. Na peça de teatro que encenei e que ela me aplaudiu sorrindo e depois me ofertou seu abraço carinhoso. Passagens da minha infância voltaram a pulsar na minha cabeça.

Essa foi a última coisa de que me lembro antes de apagar completamente. Ficou tudo escuro. Desmaiei.

Acordei dentro do quarto em que nos hospedamos inicialmente. Fui despertado com um balde de água no rosto. Tinha uma dor muito forte na cabeça. Passei a mão para verificar se havia algum ferimento, mas não encontrei nada. Lore e Milene me olhavam enquanto eu buscava focá-las em meio à visão embaçada.

O que acontecera? Cheguei a cogitar que tudo aquilo fosse um pesadelo. Torci para que, ao levantar, encontrasse Caroço vivo, o homem do carro preto amarrado, o coelhinho em algum canto, o hotel sendo apenas o lugar onde passaríamos a noite. Mas era tudo real.

- Anda, levante! Tivemos de te tirar do transe paternal - disse Lore.

- O que aconteceu?

- Você recebeu uma pequena pancada na cabeça. Depois nós te trouxemos para cá.

- Precisamos ir embora! Já vai amanhecer, não há mais tempo para sentimentalismos. Temos de ser pragmáticos. Nossas coisas já estão no porta-malas do carro. Vamos sumir daqui antes que chegue alguém! Em meia hora o sol nasce.

Lore segurava o meu bastão de ferro.

Quanto tempo havia passado do momento em que começou a desordem até a minha desconexão com o mundo? Lore chegou bem próximo de mim e afagou meus cabelos. Deu-me um beijo no canto da boca e me pegou pela mão. Lembrei-me do bebê.

- O que fizeram com a criança?

- Você só pode estar de sacanagem! - Lore respondeu rispidamente.

Dei um berro de desespero.

- O QUE FIZERAM COM A CRIANÇA, CARALHO?

- O que você fez com a criança? Por acaso é louco? Colocou o menino para mamar em sua mãe morta? O que você tem dentro dessa cabeça?

Levantei-me, mas perdi novamente o chão e caí. Estava tonto, com o corpo dolorido. Embora não estivesse com fome, sentia-me fraco. Olhei para todos os lados na esperança de ver o menino vivo em algum lugar.

- Lore, por favor! Milene, conte-me, o que aconteceu?

- Levante-se, pegue suas coisas e vamos embora.

- NÃO VOU EMBORA! Que espécie de mulheres são vocês? Não têm compaixão? Era um neném. Uma criatura inofensiva. Nós matamos seus pais. Não foi o suficiente?

- Você os matou! E quase mata a criança também!

Levantei-me, dessa vez, decidido a colocar um fim naquilo tudo e corri em direção ao veículo. Quando me aproximei, vi a cadeirinha do bebê e ele lá sentadinho com a chupeta na boca, quietinho.

- Vocês salvaram a criança!? Graças a Deus!

- Deus não tem nada a ver com isso! - disse Lore.

- Nós o salvamos do sufocamento com o leite de sua mãe morta. A brilhante ideia que teve. Era mais fácil ter dado um tiro em seu pequeno crânio. O menino quase morreu engasgado. Você é um inconsequente.

A mim pouco importava o resto do mundo. Pouco importava se em algum lugar estava havendo um terremoto, se desabou um morro soterrando gente, se ondas gigantes poderiam destruir o litoral. Pouco importava o aquecimento global, o controle de natalidade, as intenções do homem-bomba prestes a se explodir na mesquita. A pedofilia dos amigos do Papa. Pouco me importava que em volta de nós só havia gente morta, espíritos desencarnados. Estava feliz porque o bebê estava vivo. Isso me fez ter um sopro de esperança no sucesso de nossa fuga. Talvez, naquele momento, eu tenha acreditado que livrá-lo da morte seria uma troca justa para que nós pudéssemos seguir nosso caminho livres. Contei a Lore sobre minha intenção de levar a criança até um local qualquer e deixá-la sob os cuidados de alguém que pudesse lhe devolver a seus parentes. E ela não achou uma boa ideia.

– Não vamos devolver a criança coisa nenhuma, ela servirá como nossa proteção daqui para frente. Temos de pegar esta rodovia em direção ao balneário e encontrar Castor. Descobrimos que esse imbecil que estava nos seguindo não era da polícia. Descobrimos que Castor não é e nem nunca foi padre e muito menos professor de Filosofia. Aquela mulher linda é uma traficante procurada, e Caroço estava prestando alguns serviços para os dois. Nós estragamos os planos deles e por isso fomos seguidos. O objetivo era resgatar Caroço e nos mandar para o mundo de Chico Xavier.

Agora é que absolutamente nada fazia sentido. Castor não era padre? Sua mulher era uma traficante procurada? Caroço trabalhava para ele? Que maluquice era essa agora? Parecia enredo de filme B e dos mal feitos, sem criatividade nenhuma. Quis saber como elas tiveram acesso a essa informação, e foi então que Lorena tomou novamente o controle da situação.

– Veja você mesmo!

Lore pegou um pequeno computador que Caroço trouxera com ele. Nele havia alguns arquivos. Muitas fotos de pornografia abertas, e-mails, mas nada que me confirmasse tal informação.

– Não consegue descobrir nada, certo?

Lore estava mentindo. Eu percebi que ela havia inventado aquela história toda. Não tinha nenhuma prova de que Castor estivesse envolvido com alguma atividade ilegal, além de cultivar sua maconha em casa. Tudo não passava de uma grande encenação. Mas com que objetivo?

Milene estava com o bebê no carro.

– Acha que estou inventando isso?

A filha da mãe estava lendo meus pensamentos. Agora eu era refém de minha própria namorada? O que poderia fazer? Teria de fingir que acreditava naquela história absurda e disfarçar mostrando que nada de errado existia naquilo tudo. No caminho pensaria em algo que pudesse me tirar dessa emboscada. Foi a primeira vez que cogitei me livrar de Lorena. E pensar que nosso amor evoluía cada dia mais para um romance especial. Que vivemos coisas incríveis, que fomos cúmplices o tempo todo, que fizemos amor e buscamos no cosmos cada orgasmo que tivemos juntos em completa sincronia.

E todas as vezes que transamos era muito bom. Em várias cidades, em vários lugares fantásticos, incríveis, estimulantes. Porém, agora tudo parecia artificial. As palavras pareciam ser pensadas e calculadas antes de qualquer pronúncia. Lore não se parecia mais com aquela mulher pela qual me apaixonei. Até seu cheiro era diferente. Seu olhar mudou. Foi nela ou em mim que essas transformações aconteceram?

Queria apenas conseguir escapar com vida.

Lore mantinha sua arma na cintura. Com as chaves do carro, me ofertou a mão para que seguíssemos.

- Lore, por que tudo isso? Vamos deixar essa criança em algum lugar e vamos fugir do país enquanto há tempo. Nós estamos a um dia da fronteira com o Paraguai. Lá podemos fazer documentos falsos, passar um tempo até que se esqueçam de nós. Isso aqui vai dar muita merda. Não é assim que fazem os bandidos? Li em algum lugar que mais de sessenta por cento dos homicídios não são solucionados. Nós temos chance. A polícia é incompetente. Além do mais, levar esse menino conosco configura ainda outro crime. Se conseguirem nos alcançar, seremos sequestradores daqui em diante. Sabe o que acontece na cadeia com criminosos que envolvem crianças?

Lore parecia estar refletindo a respeito. Continuei na intenção de convencê-la a abandonar essa ideia louca de ir atrás de Castor, de voltar ao balneário.

- Veja, meu amor! A gente pode escapar. Esqueça tudo isso. O que ganharemos com esse movimento? O jogo está todo contra nós. Temos de admitir que, nessas últimas escolhas, nós erramos a mão - argumentei.

- Você errou a mão, seu imbecil! - Lore gritou comigo.

POLVORA

Tudo que não precisávamos era encontrar culpados nesse momento. Estávamos todos no mesmo barco, cada peça do dominó foi desabando à medida que o primeiro impulso foi dado.

Ela continuou:

- O que te deu nessa cabeça oca? Saiu matando todo mundo. Matou todos os hóspedes, matou o recepcionista, matou até o padeiro. Nós só precisávamos descobrir quem era aquele cretino que estava nos seguindo e acabar com ele. Você teve um surto. Não percebeu? Um surto psicótico de alto grau de periculosidade. E agora? Agora está tendo outro. Acha que conseguiremos chegar ao Paraguai? Acha que viveremos uma vida normal? Você é louco!

Tentei articular algum argumento, mas não obtive uma brecha.

- Vão colocar todo mundo atrás de nós. Até a Interpol, o FBI, a Polícia Federal. Nós só temos uma chance: voltar ao balneário e usar Castor e sua mulher. Eles têm dinheiro, têm contatos, podem nos ajudar se nós os ameaçarmos.

- Ameaçarmos com o que, Lorena? Acha que um computador com essas informações ridículas pode fazer com que aquelas pessoas nos ajudem? Acho que você é a louca dessa história!

Olhei para o carro, e Milene estava ninando o bebê. Agia como se fosse o nosso antigo mascote. Milene fazia carinho na sua moleira. Sorria para o neném que antes me induziu a matar.

Eu estava no meio da ponte. O perigo de estar no meio da ponte é não assumir um lado e nem o outro. Ficar nesse estágio é dar chance ao equívoco maior.

- Nós temos o computador do Caroço com informações sobre os hóspedes indicados por Castor. Você achou que teria o que aqui? Um arquivo PPS. Com o passo a passo dos investimentos no banco, as finanças e os planos de ataque?

- Aonde quer chegar, Lorena?

- Veja com seus próprios olhos!

130

Ela clicou num arquivo no qual constavam os dados dos hóspedes que passaram pelo paraíso do balneário e os que estavam para serem recebidos. Foi quando abriu uma página com diversos nomes. Artistas, jogadores de futebol, várias presenças VIPs. Até aí, tudo bem, qual o problema em hospedar gente importante num lugar tão bacana como aquele? Contudo, um pouco mais abaixo, começaram a aparecer nomes de autoridades importantes. Seria uma lista de hóspedes qualquer, se junto a seus respectivos nomes não constassem os valores, por ordem de importância, que cada qual valia no mercado de cabeças do tráfico, e a venda de sexo, drogas, CDs piratas e armamentos pesados para os comandos criminosos das grandes cidades.

Cheguei a pensar que Lore e Milene poderiam ter criado aquele arquivo. Era tudo muito tosco. Estavam forçando a barra. Traficantes de armas, drogas e CDs piratas para os comandos criminosos? Ridículo. Quem acreditaria nisso?

Lore não sabia, mas eu possuía a arma do hóspede que roubei na limpa que fiz nos quartos. Foi a segunda vez que pensei em me livrar dela. Mas preferi continuar no jogo.

– Pare, Lore! Não vamos nos meter nisso. Nós não temos poder para bater de frente com essa gente. Veja! São pessoas muito influentes, muito importantes. Sem chance. Deixe isso para lá! A essa altura, se Castor tem envolvimento com toda essa gente, provavelmente, já deve ter tido alguma confirmação de que seu plano deu errado. Isso significa que em breve estaremos sendo caçados pela polícia e pelos traficantes.

O dia clareou e ouvi quando Milene desceu do carro correndo e entrou de volta em nosso apartamento, aos berros.

– O que houve? – quis saber. – Por que largou a criança no carro assim? Tá precisando de ajuda?

– Acho que estamos encrencados. Vejam! A casa caiu!

Quando olhei pela porta aberta, vi umas cinco viaturas da polícia chegando no hotel. O dia já estava claro. Aquela discussão inútil nos fez perder o tempo do negócio. Lore correu para trancar a porta.

131

– E o neném?

– Esqueça a porra do neném! Estamos cercados pela polícia, seu retardado!

Foi como Lore começou a me tratar desde então.

O amanhecer se misturava com o neon, que piscava já sem força no alto da pequena construção, e as luzes azuis e vermelhas vindas das sirenes ditavam agora o teor da pastilha de cores que teríamos de enfrentar.

– Vamos ficar até o final! – intimou Lorena. – Não saio da porra desse hotel presa!

– Vamos acabar com a raça desses filhos da puta! – bradou Milene.

Calei-me para tentar compreender a dimensão do que se passava do lado de fora.

Do megafone veio a ordem:

– Entreguem-se, vocês estão cercados!

Capítulo 12 –
30 minutos – Flerte com o Diabo

Um brinde a todos os guerreiros. Um brinde aos mortos. Um brinde a quem inventou esses brinquedos. Um brinde aos carros. Um brinde a este lindo amanhecer.

- Veja, Lore, tem uma borboleta bem no canto da parede. Veja como é linda. Borboleta é sinal de sorte.

- Borboleta é sinal de sorte - repetiu Milene.

- As asas dela parecem olhos de gato. Toda tigrada.

- Vamos ligar a TV e terminar nossa garrafa de uísque. Ainda temos o bom fumo do ex-padre. Vamos apertar um baseado e relaxar um pouco.

- Ótima ideia - assentiu Milene.

Um vulto... Outro vulto...

O som de uma criança chorando... O meu tênis sujo de sangue... Olhei novamente e a borboleta não estava mais lá.

- Tranquem as portas, fechem as cortinas! Eles não sabem quem somos e o que temos de presente para lhes oferecer.

Respire fundo. Sinta o ar invadindo cada parte do seu pulmão. Imagine que, quando inspira, uma cor azul clara entre pelo seu nariz e vai tomando conta de sua cabeça, de seu pescoço, de seu peito, de seus braços, de suas partes íntimas, de suas coxas, de toda a sua perna. Quando expirar, imagine uma cor amarela vindo lá de seus pés, trazendo alegria, harmonia, amor, paz, esperança, sentimentos bons que entrarão em sua corrente sanguínea e se transformarão na energia de que você precisa para viver a vida.

- Está tudo trancado. Eles não têm por onde entrar. As janelas do banheiro também vedei, mas do lado de trás desse maldito hotel só tem mato. Muito mato. Não dá nem pra ver o que existe adiante. Acho que eles não têm acesso por ali.

- Melhor não arriscar - salientou Lore.

133

Lorena, me chupa... Chupa bem gostoso. Chupa? Coloca tudinho na tua boca. Isso... passa a língua bem devagar. Olha nos meus olhos, Lorezinha. Chupa, meu amor! Assim... Vamos tomar um banho de banheira? Quero te colocar peladinha sentada no meu colo. A gente vai meter muito. Quero me esfregar em ti. Te amo, Lore.

– Vejam, eles pegaram o bebê no carro. Tem uma pessoa junto com os policiais. É uma mulher com camisola. Você deixou uma pessoa escapar? Seu incompetente!

– Então foi essa vadia quem nos denunciou? Veja como ela chora de desespero.

Gargalhadas de onde? Quem está falando comigo? Quem é você? Quem são vocês? O que querem? Aceitam um cigarro? Tomem. É da casa. Não paga. Podem pegar à vontade. Gostam daqui? Acho esse lugar tão bonito, com uma energia tão boa. Por que usam essas capas? Posso usar uma também? Quero ser como vocês!

– Vocês estão cercados! Saiam com as mãos pra cima e terão suas vidas poupadas!

– O que esse bigodudo comeu no café da manhã? Tá achando que está em Hollywood? Que idiota! SÓ SAIREMOS DAQUI MORTOS, SEU FILHO DE UMA PUTA! AHAHAHAHAHAHAHAHAAHAHAHAHAHAHAHAHAHAHA!

– Sempre quis dizer isso, Milene!

– AHAHAHAHAHAHAHAHAHAHAHAHAHAHAHAHAHA. Tomem um trago desse uísque.

– Obrigado, Milene. Temos de pegar os corpos que estão no outro quarto e colocá-los aqui diante das janelas. Pelo menos um, bem na frente. Vamos fingir que temos reféns. Eles não arriscarão uma invasão. Peguem as cadeiras e coloquem Caroço, o recepcionista e o padeiro sentados. Colocaremos fronhas em suas cabeças como se fossem capuzes e depois vamos ver o que eles têm a nos dizer.

– NÓS TEMOS REFÉNS. SE TENTAREM INVADIR, MATAMOS OS QUE SOBRARAM!

– Um dos carros está saindo. Levando o bebê e a mulher.

- Menos policiais para fazerem vigília na outra vida.

Quando eu a conheci, Lore, eu realmente me apaixonei por você. Achei que estava ficando maluco. Nunca havia conhecido alguém que me levasse tão distante. Gostei da sua casa. Lembra aquele dia em que fui no posto de saúde para buscá-la e você disse que queria trepar comigo na maca? Eu fiquei com medo. Nunca havia feito qualquer loucura como aquela. Minha última namoradinha era muito gentil, muito certinha. A máxima transgressão que fizemos foi uma transada na escada do prédio dela. O porteiro estava dormindo. Contigo, Lore, foi tudo muito intenso. Adorei quando transamos na maca. O posto de saúde ainda tinha fila. Então, fomos para uma parte desativada, cheia de lençóis sujos e muito lixo. Embora fosse aterrorizante o cenário, aquilo me excitou muito. Lembro bem que nossos corpos suavam enquanto ouvíamos o choro das crianças, as reclamações dos velhos. Pensei que alguém pudesse entrar ali a qualquer momento e nos flagrar. Isso me fez gozar ainda mais gostoso. Alguém deve ter percebido, mas que diferença isso faria para nós?

- Amarrem todos eles bem firme, com os braços encostados no tronco, porque em pouco tempo estarão duros feito troncos de árvores e nós não conseguiremos mais mover qualquer parte de seus corpos.

- NÃO NEGOCIAMOS COM ASSASSINOS. SE NÃO SE ENTREGAREM, NÓS INVADIREMOS E MATAREMOS TODOS!

- Escute, Lore. Acho que eles não acreditam que temos reféns aqui. Que tal mostrarmos?

- ESTÃO VENDO AQUI, SEUS INÚTEIS? SE TENTAREM INVADIR, NÓS ESTOURAMOS A CABEÇA DESSE POBRE RAPAZ. É O QUE QUEREM? NÓS TEREMOS MUITO PRAZER EM ACABAR COM ESSA VIDA MEDÍOCRE. HAHAHAHAHAHAHAHAHAHAHAHAHAHAHAHAHA!

- Que tal se cortarmos alguma parte do corpo dele e jogarmos lá fora, para que tenham certeza de que nós não estamos brincando?

- Será que temos uma faca? Não conseguiremos arrancar a mão sem um serrote. No máximo a orelha ou um dedo.

– Vamos arrancar um dedo, Lore. Arrancamos o mindinho. Vou procurar uma faca.

– Não precisa. Quebre aquela garrafa de vodka vazia, de forma que possamos usar como uma faca.

– Ótima ideia. Vamos cortar quem primeiro?

– Arranque o dedo do Caroço, Milene. E você, com o que restou da garrafa, faça o mesmo e vá tirando os dedos dos outros dois. Tenho medo de que os corpos endureçam, depois não conseguiremos realmente mais nada.

Milene, posso confessar uma coisa? Eu me masturbei muito pensando em você. Desculpa usar o termo "masturbei", mas é que desde aquele dia no quarto, do episódio do coelho idiota, achei que estivesse pouco à vontade conosco. Depois, confesso que fiquei com ciúmes do Caroço. Filho da mãe de sorte. Antes, na cachoeira, achei que você havia notado nossos olhares. Lore e eu havíamos feito amor logo depois que a conhecemos, imaginando-a entre nós.

Vamos ali no banheiro? Vamos dar uma trepadinha? Me deixa sentir, com a língua, o gosto que vem do meio das suas pernas... Uma vez só, Milene. Deixa eu tocá-la, beijar o bico duro dos seus seios, deixa? Sabe, quando você ateou fogo naqueles playboys no meio da estrada, nunca imaginei que você fosse capaz de fazer algo desse tipo. É verdade mesmo que matou seus pais e toda aquela história do incêndio na casa deles? É verdade sobre o seu irmão? O que aconteceu com ele? Me dá um abraço, Milene! Só um abraço!

– Eu sou o Sargento Cabana. Vocês têm acesso à internet aí? Digitem meu nome num site de buscas e vejam se me importo que matem algum refém! NÓS QUEREMOS COMER O CORAÇÃO DE VOCÊS NO CHURRASCO DO ALMOÇO! Já cuidamos para que a imprensa só fique sabendo do incidente depois que estiverem mortos, seus DESGRAÇADOS! VOCÊS NÃO TÊM PIEDADE? Nós não teremos também. Saiam já desse quarto! Têm quinze minutos para decidirem o que farão de suas vidas.

POLVORA

– PALHAÇO! NÃO NEGOCIAMOS COM SARGENTOS! CHAME SEU SUPE-RIOR E LEVE ESTE DEDO PARA ELE!

– AHAHAHAHAHAHAHAHA, arranquei o dedo do meio, Lore. Foi o dedo do meio que jogou para o sargento CABANA. Que nome mais ridículo!

– E você? Coloque esses dedos no pote, limpe o sangue de suas mãos. Parece uma criança comendo chocolate. Depois, arranque as orelhas para o caso de uma negociação mais tensa. E você, Milene, cuide dos olhos deles. Quero os três pares para arremessar na boca desse sargento de merda.

Gosto do cheiro desse charuto que estão fumando. É cubano? Que tal darmos uma volta pelo outro quarto? Já viram o que temos para vocês levarem? Podem levar.

– EU SOU O SUPERIOR NESSA PORRA! Vão arrancar dedinhos? Quem garante que esse dedo não foi arrancado de um morto? Quantos mortos existem aí com vocês, seus estúpidos?! Vocês foram burros, amadores! Deixaram uma vítima escapar. Sabe aquela mulher? Ela me contou sobre vo-cês. O casal assassino. Ela viu tudo, é nossa testemunha ocular. Sabemos de toda essa palhaçada, todo esse circo que montaram para o capeta. Para o azar de vocês, ela conseguiu se esconder, e agora vocês pagarão pela vida de todos que levaram daqui! Provem que têm um refém vivo! Provem, seus MERDAS!

– Isso é jeito de negociar a vida das pessoas, Lore? Ele pensa que estamos em dupla! Milene, cubra-se com os lençóis e sente-se na cadeira. Acene para eles. Você, venha comigo e apareça junto, depois recue. Dê um grito de horror. Peça socorro.

HAHAHAHAHAHAHAHAHAHAHAHAHAHAHAHAHA!HAHAHAHAHAHAHAHAHA!

Estou morrendo de calor. Preciso tomar um banho.

Preciso de uma Coca-Cola. As palavras de Cristo na TV. Sempre nesse mesmo horário. Veja, Lore, os padres, eles estão sempre sorrindo, sempre felizes. Escute as palavras de Cristo. Cristo morreu por todos. Cristo, filho do Senhor Deus. Conforta-me de certa forma. Lembro de todas as vezes que cheguei bêbado em casa e fui dormir com a TV ligada, ouvindo o padre falando um monte de coisas.

Curioso é o mundo espiritual. Veja. Eu creio na palavra dele. Eu creio mesmo. Sacerdotes. Homens que têm o conhecimento supremo da arte divina de corrigir o mundo. Tem mais um baseado ai?

- Vou afastar um pouco a cortina, Milene. Preparem-se. Acene! Acene!
- Estou acenando! Eles estão vendo?
- O idiota deve ser cego, está com um binóculo. Afaste-se e grite!
- SOCOOOORRRRRROOOOOOOOO, ME AJUDEMMMMM, NÃO QUERO MORREEERRRRRRR!!! NÃO QUERO MORREEERRRRR, ELES ARRANCARAM MEU DEDO!!!
- E VAMOS ARRANCAR OS OLHOS AGORA!
- PAREM! O QUE QUEREM?
- TOME UM OLHO PRO SENHOR, SARGENTO CABANA!
- Grite, grite que estamos arrancando seu olho!
- AAAAAAAAAAAAAAAAAAAAAAAAAAAAAAAAAAAAAAH! ARRANCARAM MEU OLHO! PELO AMOR DE DEUS, PAREM COM ISSO!
- Dê-me o olho, Milene, que vou jogar nesse Sargento filho de uma puta!
- Posso ficar com um?
- TOME, SEU MERDA! VAI INVADIR E MATAR O REFÉM? NÓS TEMOS MAIS UM AQUI CONOSCO, VEJA PELO OLHO DELE!
HAHAHAHAHAHHAAHAHAHAHAHAHAHAHA!HAHAHAHAHAHAHAHAHAHA!

Sabe, nunca fui muito bom em nada. Nunca ganhei nada, nunca me deram nada. Eu simplesmente fui indo e cheguei. Querem de mim o que não posso oferecer. Não aguentava mais aquela vidinha de gado. Vida de fila. Vida de empregado. Vida de quem não tem futuro. O senhor pode me ajudar? Quer o que em troca? Quer meu sangue? Minha alma? Minha sorte?

- Nós não poderemos ficar nesse jogo por muito tempo. Temos de arrumar uma maneira de escapar.
- Eles estão concentrados apenas na frente do hotel. O mato que quase invade a janela do banheiro é denso, acho que estamos perto de uma pequena floresta, não sei se conseguiremos sair por ali.
- Você pode ver, enquanto eu e Milene cuidamos das negociações?

- MUITO BEM, MUITO BEM! PAREM! O que desejam em troca? Não temos helicóptero e nem carros velozes como nas capitais. Vocês só têm uma escolha em troca dos reféns: sairem vivos direto para a cadeia.

- SARGENTO, O SENHOR NÃO ENTENDEU. NÃO QUEREMOS NADA EM TROCA. ENFIA ESSE MEGAFONE NO SEU CU!

Posso oferecer ao senhor a vida de alguém? Posso oferecer pela minha liberdade, pela liberdade de todos nós? O Senhor pode nos ajudar? Quero apenas sair daqui. Não me importa a borboleta, nem a televisão, nem nada mais, quero sair vivo e livre daqui. Faço um pacto com o senhor... Do que precisa?

- MUITO BEM. Então nós vamos dar um prazo a vocês até as oito da manhã. Um bom tempo para pensar a respeito de como pretendem encerrar essa história. Nós não temos pressa, mas já aviso, não existe chance de fuga. Estão cercados, vigiados, presos nesse lugar. Pensem nisso!

- Lore, o que vamos fazer? Já jogamos um olho, um dedo... Nós sabemos o que queremos? Vamos enfrentá-los à bala? O que vamos fazer?

- Vamos fugir dessa merda!

Compreendi que estávamos cercados.

Aqueles trinta minutos que ficamos em silêncio me fizeram concluir que teríamos poucas chances. Imaginei uma série de possibilidades, mas quase nada me dava um horizonte real de chances para sairmos todos dali. Pensei até em apelar para o sobrenatural, mas o momento era de pragmatismo, e nunca fui pragmático, na verdade.

Milene e Lore permaneciam espreitando pela fresta da cortina. Eram muitos policiais, não sabíamos ao certo se eles tinham conhecimento da nossa situação. No tempo em que estive concentrado e calado, nenhuma solução inteligente me veio à mente.

- O que vamos fazer, Lore?

O silêncio pairava.

O eco do "vocês estão cercados" ainda soava como um sino de igreja em meus ouvidos. Olhei pela janela e vi que a mulher de camisola retornara; a criança não estava mais no carro e uns doze homens apontavam seus rifles em nossa direção. Olhei para a arma que consegui roubar de um hóspede, olhei para Lore com seu eficiente canhão, reparei a expressão de ódio de Milene e decidi que iria me entregar.

– Vou me entregar, Lore.

– Ninguém vai se entregar! Ninguém! Entendeu bem? Prefiro morrer a passar a vida na cadeia. Vamos tentar nossa fuga!

– Por onde? Pela porta da frente? Trocando tiros com os policiais? Olhe e veja a quantidade de pessoas que estão do lado de fora. Não temos poder de fogo contra eles.

– Tive uma ideia – Milene gritou.

– No que pensou?

Milene nos levou até o banheiro. Existia a pequena passagem pela qual talvez conseguíssemos escapar. Dois policiais faziam a vigília dos fundos. Lorena achou que daríamos conta da dupla com nossas armas. Milene apontou para o aquecedor de água. Em princípio, não entendi onde ela queria chegar. Foi então que começou a sorrir com a mão na boca.

– Vamos deixar o gás vazar para dentro do quarto e fechamos as portas. Eles não sabem que estamos em dois apartamentos. Não sabem que existe a passagem interna entre eles. Induzimos a virem até bem próximo. Com o gás tomando conta do ambiente, este lugar se tornará uma bomba de alto poder destrutivo. Basta uma faísca e tudo irá pelos ares.

– Inclusive nós!

– Não! Nós vamos fugir pela janela do banheiro. Com a explosão, os guardas provavelmente sairão de suas posições de origem e, quando isso acontecer, você destrói a janela com seu bastão e nós saímos correndo para o meio do mato.

Lore deu um sorriso. Continuei achando aquilo uma loucura completa, mas o plano de Milene não era dos piores.

– Nossa única chance, ou vamos mofar na prisão – completou nossa amiga.

– Entre a prisão e o inferno, prefiro o inferno – Lore deu o veredicto final.

Não estava certo ainda. O perigo de raciocinar sob a pressão do medo é não conseguir ter clareza sobre o que é real e possível e o que é impulso da mente. Impulsos irracionais podem gerar danos irreversíveis algumas vezes. Nesse caso em especial, não teríamos uma segunda oportunidade.

– Pois vamos ao plano de Milene! – sentenciou Lore.

Foi então que Lore chegou próximo à janela e gritou.

– NÓS VAMOS NOS ENTREGAR. MAS, ANTES, QUEREMOS A IMPRENSA NO LOCAL E NOSSO ADVOGADO, PARA NOSSA SEGURANÇA!

– Temos advogado, Lore?

Lore, que desde antes vinha me tratando de uma forma um pouco ríspida, disse:

– Milene, quando a imprensa chegar, abra o recipiente. Isso vai passar ao vivo para o mundo inteiro! Seremos famosos!

– Sim, senhorita...

– Vamos ganhar tempo.

Meu relógio entrou em contagem regressiva...

Capítulo 13 – O Juramento

O que é a vida? Um emaranhado de acontecimentos que julgamos controlar? Não era hora para filosofias de acampamento. O clima estava realmente tenso. Via aquela confusão ao redor, olhava a paz dos corpos inanimados e me questionei sobre o limiar que divide o último momento da respiração e o desaparecimento completo da existência. Poderiam eles estar vagando pelo quarto em algum formato etéreo, como fantasmas em filmes de terror ou como almas penadas em contos para assustar criancinhas?

Ouvi a voz dos policiais anunciando:

- A imprensa já foi chamada. Agora sejamos menos estúpidos e vamos acabar com isso de uma vez! Entreguem-se, vocês estão totalmente cercados! Não há como fugir!

Talvez, com a imprensa presente, tivéssemos alguma chance de escapar com vida. Acompanhei alguns casos, pela TV, de bandidos que, em situação crítica, garantiam-se na intimidação que a mídia impõe aos policiais na hora de suas ações. Não me sentia um bandido; não como aqueles. Quanto às autoridades, elas ficam temerosas de que qualquer erro lhes coloque como algozes e não como heróis. O cinismo passa a ditar um novo relacionamento e favorece quem, diante dos olhos dos juízes, poderia ser antes apenas mais um pedaço de carne a ser jogado numa cova rasa qualquer. As janelas estavam fechadas para evitar que fôssemos atingidos por algum atirador de elite. Mas ainda tínhamos todo o panorama contra nós. Não havia um refém que nos garantisse a tradicional negociação. A nosso favor, somente o fato de que a polícia não tinha conhecimento dessa questão, e, assim sendo, antes de jogarmos tudo pelos ares com a brilhante ideia de Milene, precisaríamos de mais algumas cenas que deixassem os policiais longe das entradas.

O relógio continuava na contagem regressiva...

TICO SANTA CRUZ

– Lore, acho tudo isso muito inteligente. Abrir o gás, trocar tiros com os caras que estão nos fundos do hotel e tentar fugir pelo mato. Mas quem nos garante que esses desgraçados chamaram de fato a imprensa? A impressão que tenho é de que eles estão nos ludibriando enquanto estudam uma maneira de invadir o quarto. Precisamos de algo mais real. Precisamos de um refém.

– Se eles tentarem invadir, nós explodiremos tudo.

– E nós explodiremos juntos? É nossa única opção? Tenho certeza de que pensam que estamos apenas em dois. A mulher não viu Milene. Vamos jogar um dos corpos para o lado de lá. Vamos criar um cenário escabroso para que possamos receber em troca o despreparo deles.

Lore estava irritada. Muito diferente daquela vez em que assaltamos o caminhão de bebidas, muito distante daquela mulher calculista que fez o pastor quase urinar nas calças e nos dar o dinheiro de sua igreja, muito diferente da pessoa por quem me apaixonei. Parecia assustada. Talvez a possibilidade real da morte confronte a coragem e o pavor. Contudo, preciso admitir que era o ódio dela nesse momento quem estava guiando seus passos e isso não me deixava confortável para agir de maneira tão cega. Confesso que fui egoísta. Que quis o tempo todo preservar a minha vida e isso incluía também o desejo de fazer por todos nós algo que pudesse nos safar sem danos físicos. Quando, na minha pacata convivência com os demais, imaginei que poderia vir a ser encarcerado algum dia? Jamais!

Eu lia nos jornais, assistia aos filmes, lembrei-me do Carandiru, da Simoni do Balão Mágico no meio daquela confusão entre detentos rebelados tocando fogo em tudo, e pensei: não quero fazer parte disso, não quero perder tempo da minha vida num cubículo com um monte de malucos defecando de cócoras e dormindo com um olho aberto para não levar estocada de faca na barriga. Não sou traficante, não faço parte de nenhuma facção, de nenhuma gangue. Que diabos acontecerá comigo se me levarem para um presídio?

Depois repensava. E se eu morrer? Minha mãe, meu pai, meus amigos. Não quero fazê-los sofrer. Quem será que aparecerá no meu enterro? Será

145

que meu irmão voltará da Austrália para velar meu corpo? Será que meus antigos amigos da MMML aparecerão? Será que minha primeira namorada estará lá relembrando nosso caso romântico? Será que o Zico se lembrará da vez que entrei em campo com ele no jogo do Flamengo? E meus professores? Quantas pessoas aparecerão no meu velório? Pode ser que não vá ninguém também. Que tenham vergonha de mim e do que fiz.

Essa crise estava me deixando ainda mais angustiado. Reconheci que estava em xeque-mate. Morrer como um idiota ou ser preso como um criminoso?

Voltei com a voz de Lorena.

- Pegue o corpo do recepcionista e jogue pela janela! - ordenou.

Fiz questão de olhar um pouco antes e percebi que, além da polícia, já apareciam os primeiros curiosos. Essa gente maluca que se aglomera diante do caos para torcer. Isso despertou novamente em mim o desejo de chocá-los. Num fluxo de impulsos nervosos, evoquei todos os meus demônios e ainda os que pairavam ao meu redor. Peguei o corpo do padeiro, coloquei-o à minha frente para me proteger de um possível atentado e ouvi o murmurinho do lado do público. O circo estava completo agora. Empurrei o cadáver para que pudessem regozijar à vontade, e eles não decepcionaram.

A plateia:

- Ohhhhhhhhh! Meu Deus, o que é isso?

E a torcida contra gritava:

- Matem esses bandidos! Matem esses animais!

A plateia continuava:

- Ohhhhhhhh! Ohhhhhhhhhhhhhhh! Jesus amado do céu!

Lá ficou o padeiro estendido no chão. A consequência de estar na hora errada no lugar errado.

Tive a impressão de que ficaram com medo de se aproximar. Uns quinze minutos depois, começaram a aparecer as primeiras unidades móveis da imprensa.

Era um hotel de beira de estrada. Próximo a algumas cidades sem qualquer relevância no cenário cultural, econômico ou político do país, ou seja, era o interesse apenas pelo terror. E a notícia se espalhou rápido pela rede, e logo a chacina ganharia ares de *thrillers* de Hollywood. Se fosse alguns anos atrás, só os moradores da região tomariam conhecimento do caso. Ocupar os espaços de sites, blogs, redes de relacionamentos com qualquer tipo de baboseira é uma missão de extrema importância para muitos homens e mulheres que trabalham e vivem em função de furos que lhes permitam o título de "primeira fonte a divulgar acontecidos".

Ligamos a TV e lá estavam as primeiras imagens da nossa história. Logo todos os canais estariam transmitindo ao vivo e, em instantes, o povo brasileiro largaria seus afazeres, seus compromissos, compraria suas pipocas, reuniria os amigos, tomaria umas cervejas e começaria a especular a respeito de como terminaria tudo isso. Venceria a polícia? Os direitos humanos interviriam para garantir a integridade física dos criminosos? Enquetes. Era tudo o que precisavam para aquele dia tedioso. Fui até a janela, dei um tchauzinho e vi na TV minha mão acenando. Foi uma das coisas mais interessantes que já aconteceram comigo.

- Veja, Lore, minha mão apareceu na televisão!

- É melhor que você pare com essa bobagem. Precisamos pensar em algo. Vamos aproveitar que estão transmitindo ao vivo e observar o que está acontecendo nos arredores. Talvez não seja o momento de explodirmos nada.

- Lore, com a imprensa aqui, não vamos conseguir fugir nem pela frente, nem por trás, nem pelo lado, nem pelo buraco, nem por lugar algum. Veja na TV, eles têm até helicóptero acompanhando.

- Vejam, estamos na TV! Somos nós ali naquele hotel!

Não havia sentido ainda o gostinho da fama. Saber que estávamos na TV me fazia pensar e agir diferente. Queria agora parecer melhor do que eu era e mais perigoso e mais poderoso. Peguei a arma que estava na cintura. Lore foi tomada de surpresa.

- De quem é essa arma? - ela quis saber.

- Tomei de um caminhoneiro que matei - respondi.

Apontei a pistola para Milene e, olhando para Lore, perguntei:

- E se Milene fosse nossa refém?

Os olhos de Lore finalmente mostraram algum interesse real em mim. Abaixei a arma e expliquei para nossa amiga que seria nossa única chance de tentarmos negociar com uma moeda real. Sua vida em troca de uma fuga. É lógico que não faríamos nada com ela. Apenas viria no carro conosco como garantia de integridade e depois nós escaparíamos por algum caminho nessa estrada.

Lore me despertou:

- Acha que eles não vão nos seguir? Eles seguem de carro, de helicóptero, de todos os jeitos. Não conhecemos bem essa estrada. Seremos pegos facilmente. Vamos pensar em algo mais inteligente. Pense, pense, pense!

Eu não conseguia pensar. Acendi um baseado para ver se minha criatividade dava o ar da graça. A fumaça subia formando imagens relaxantes. Aos poucos, fui me sentindo mais leve e mais leve, até que embarquei nelas...

Aproximei-me da janela e apontei a arma para os policiais. Achei engraçado ver a reação deles na TV. Um programa começou a especular sobre quem poderíamos ser. Eles não tinham nenhuma ideia de quem éramos, nossos rostos, nossas identidades. Pelo menos pelas primeiras horas. Nenhuma informação batia e eles não haviam conectado os outros acontecimentos. Éramos famosos anônimos. Lore levantou e andou de um lado para o outro, enquanto eu e Milene ficamos contemplativos. Passamos por todas as estações de TV aberta e somente uma não havia mandado representantes para cobrir o caso. Bateu-me uma ansiedade estranha, o que me trouxe nova excitação.

- Milene, você será nossa refém. Vamos colocar uma fronha na sua cabeça, para que ninguém que a conheça possa identificá-la na TV. E nós também usaremos capuz. Na barriga, você colocará este pequeno saco de roupas e vamos dizer que está grávida.

- Mas e depois? - perguntou.

- Nós vamos chamar o Senhor Juramento - respondeu Lore.

- Quem é o Senhor Juramento? - quis saber Milene, adicionando meu mesmo pensamento.

- É o deputado para quem meu pai trabalhou.

Lembrei que, quando conheci Lore, ela havia contado sobre seu pai, que sempre lhe oferecera algum conforto e boas oportunidades e foi preso por conta do seu envolvimento num escândalo de um homem poderoso. Porém, Lore nunca quis me contar quem era. Não faço, ainda, a menor ideia de quem seja e pra quem trabalhe, mas se é uma pessoa conhecida dela... Desejei detalhes. Nesses momentos de dificuldade, nos apegamos a qualquer esperança tola.

- O Senhor Juramento adora publicidade.

- E...?

- E vou dizer que, se não o trouxerem aqui, nós abortaremos o bebê.

- Isso é bem pesado, Lore.

- Não podemos ser menos do que isso.

- Então, quando ele chegar, nós faremos o quê? - perguntou Milene.

- Eu revelo quem sou.

- E aonde quer chegar?

- Vou chantageá-lo a nosso favor.

- Lorena, esse cara é um político poderoso. Ele jamais virá aqui. Se vier, estará protegido por seus seguranças. Não há a menor hipótese de que se envolva em algo com que não tenha qualquer relação direta, que possa ser comprovada imediatamente.

- Errado.

- Não estou entendendo, Lore.

- Ele transou comigo várias vezes. Enquanto meu pai fazia jantares regulares para ele e sua família, ele sempre dava um jeito de me visitar no quarto. Eu detestava aquele velho. Fingir pra ele me dava algum prazer. Ele pedia que eu andasse com minhas sandálias de salto alto sobre suas costas. Quando eu encarava a mulher dele, me dava ainda mais satisfação. Aquela vigarista. Ela tinha uma doença qualquer que a deixava com ares sempre mórbidos e aquilo me excitava na mesa. Mas eu era apenas uma adolescente. Ele abusou de minha inocência.

Aquilo só poderia ser uma loucura.

Senti meu coração acelerar de raiva. Identifiquei um ciúme que não havia sentido em momento algum ao longo de todos esses dias que passamos juntos. Lore sempre foi provocativa com os homens, mas saber que essa situação permeara a vida íntima de Lore mexeu com algo em mim que eu desconhecia.

— Temos uma palavra que era nosso código quando combinávamos de fugir para o meu quarto. Ele tomando ciência desse código na TV, prestará atenção.

— O que a faz pensar que esse filho da mãe vai se importar com uma a mais ou uma a menos que ele comeu?

— Ele gostava de se exibir. Era um gordo ridículo peludo de uma figa que gostava de registrar nossas transas. Tinha o pau grande. Isso é verdade.

— Poderia me poupar dos detalhes! — pedi, confirmando meu ciúme.

— Se esse filme vazar na imprensa, ele está ferrado!

— Por quê? — Milene quis a resposta desta vez.

— Porque, como eu disse, eu era menor de idade. Tinha dezesseis anos. Isso é o suficiente para acabar com suas aspirações. Imagine o que vai dizer sua mulher? Seus eleitores? A sociedade? Eu fui abusada sexualmente por um político influente. Isso me traumatizou e, agora, no que me tornei? As pessoas gostam de histórias tristes. Justificativas malucas. É o que vou dizer!

— E como teremos acesso a esse filme?

— Tenho amigos.

Definitivamente, ninguém conseguia encontrar uma maneira palpável de fugir. Nosso destino havia chegado ao fim. Ficamos por mais algumas horas vendo na TV a movimentação em torno do caso. Já havia repórteres importunando os moradores da pacata cidade. Gente com cartazes, correntes na internet, diversas manifestações dos tipos mais diferentes. Um fenômeno bem peculiar. Não muito diferente do que eu já presenciara.

Preparamos Milene e a vestimos de forma que parecesse grávida, depois a levamos até a porta e em seguida gritamos com os policiais.

- Nós temos uma refém. Vejam, ela está grávida!

Lore assumiu o comando.

- Quero falar com a imprensa, caso contrário, abortaremos o bebê!

Um murmurinho tomou conta do local. Os policiais discutiam. Recuamos ao quarto para ouvir o que estavam dizendo. No canal principal, a repórter anunciava que eles pegariam um depoimento exclusivo dos criminosos misteriosos, que eles tinham uma mulher grávida de oito meses sob poder e que abortariam o bebê ao vivo.

Falaram um monte de coisas que não sabíamos de onde tiravam. Eram tantas informações e palavras colocadas em nossas bocas que soava até divertido.

Voltamos até a porta com Milene se passando pela vítima, e Lore pediu que os jornalistas se aproximassem e deixassem seus microfones no chão, de modo que nós não ficaríamos próximos de ninguém, pois por entre as câmeras poderia haver um atirador de elite pronto para arrancar o topo de nossas cabeças. Eles fizeram exatamente tudo o que Lore mandou, e quando as peças-chave se juntaram, ela disse em voz alta:

- Quero a presença aqui do deputado federal Juramento Braga!

As autoridades se entreolharam e cochicharam entre si.

Nós estávamos ouvindo, do canal de TV principal, as menções ao nome do deputado. Comentaristas diziam haver uma exigência do sequestrador: a presença do político. Não era um crime comum, era uma chacina. Era quase o meio do dia. Era rede nacional. Ficamos acompanhando a movimentação, e o delegado voltou com a notícia de que não deixaria envolver políticos nessa ação.

- ENTÃO NÓS VAMOS PROVOCAR UM ABORTO. É O QUE QUER, SENHOR POLICIAL? ELA NOS DISSE QUE ESTÁ GRÁVIDA DE GÊMEOS. VAMOS MATÁ-LOS!

Minutos depois, tocou o telefone do delegado. Não sei dizer como foi parar o áudio ao vivo em rede nacional.

- Deputado federal Juramento Braga na linha. Estou acompanhando o caso pela TV. Meus assessores informaram que meu nome havia sido mencionado. Quem são vocês? O que querem?

- Olá, senhor deputado, que bom que aceitou nossa proposta!

- O que é feito para defender o povo, cabe a mim e a meu destino. Estou aqui para defender essas crianças!

O filho da mãe começou a falar bonito. Usava um monte de palavras estranhas, entoava a voz como se estivesse no palanque. E realmente estava. Qual desses homens não quer mostrar serviço na TV e se tornar herói?

- Pois o senhor deputado está sendo requisitado neste hotel. Caso contrário, faremos um aborto ao vivo para todo o país!

- Tenham fé no Senhor Jesus Cristo e piedade desta mulher! Não sei por que motivo me escolheram, mas me sinto no dever cívico de colaborar, porém, não tenho como comparecer.

Mas que cara de pau! Ele manteve a pose falando bonito.

- Posso garantir aos cidadãos que colocarei um responsável para acompanhar de perto o caso de vocês, para que tenham um tratamento digno, humano, no trato com a polícia.

- Sinto muito, senhor Nei! Acho que o senhor tem algo a mais para fazer por aqui.

- Senhor Nei? Do que está falando, senhorita?

- Quantas pessoas o chamavam de senhor Nei, deputado Juramento?

A voz calou do outro lado e um clima tenso invadiu todos que acompanhavam a história. O suspense aumentava à medida que não havia uma resposta. O deputado Juramento continuava na linha, porém, extremamente constrangido, não conseguia disfarçar a respiração, mesmo com toda a sua sagacidade com as palavras após anos de política. Lore então bradou:

- O senhor sabe o que deixou de herança política para muitas famílias!

Então o deputado Juramento desligou o telefone. A TV tentou contato novamente e a imprensa ganhou mais um elemento para explorar naquele dia. Os canais tentavam entrar em contato com o político, mas ele não respondia, não atendia. O dia foi passando, as tentativas de negociação, acabando. Nossos prazos se esgotando e nenhuma das ideias dando qualquer resultado. Nem o gás da Milene, nem a chantagem de Lore. Começávamos a sentir fome e não havia mais nada para comer.

- A GRÁVIDA ESTÁ COM FOME. PRECISAMOS DE ALGO PARA QUE ELA POSSA SE ALIMENTAR, E NÓS TAMBÉM! MAS NÃO ACEITAREMOS NADA QUE NÃO SEJA INDUSTRIALIZADO!

Algumas ONGs de direitos humanos apareceram para pressionar ainda mais os policiais, e nós assistíamos a tudo de camarote pela televisão. Recebemos alguns pacotes com uns enlatados horríveis. Imaginei como seria a comida de um presídio. Talvez fosse o início da pressão, pois, quando passou de seis da tarde e o sol começou a se retirar, eles cortaram a luz e o gás.

Os dias estavam com a temperatura amena e a única coisa que mobilizava os homens era, de hora em hora, o acompanhamento da "grávida". Chamaram um médico para que pudesse fazer os procedimentos para resguardar a integridade física da refém e de seus nenéns. Mas é óbvio que não deixamos que entrassem. Passamos noite adentro sem resposta de ninguém, com a pressão de uma possível invasão dos policiais. Não podíamos dormir.

Aquilo estava me enlouquecendo. Eu não estava mais aguentando. Não havia solução. Estava convicto de que na manhã seguinte tentaria pela última vez convencer Lore a nos entregarmos.

No dia seguinte, uma comitiva com a presença do deputado federal Juramento Braga apareceu...

Capítulo Final

A ampulheta deixava descer a areia em alta velocidade. Amanheceu quente e a temperatura mudou, o que creio ter ajudado o corpo de Caroço e o do recepcionista a apodrecerem mais rápido. Vários insetos, criaturas nojentas, começaram a entrar e a sair de suas narinas e de suas bocas. Os pegajosos seres pareciam brotar do além. Por onde entraram, onde estavam? Ficavam sempre invisíveis junto com a morte. Seriam seus animais de estimação?

Pretendíamos isolá-los na suíte ao lado. Arrastei sozinho o corpo de Caroço, com extrema dificuldade diante das condições de seu cadáver. Numa quina, o pano que cobria o órgão decepado de meu ex-amigo caiu, e fiquei apavorado com a visão. Além do cheiro horrível que impregnava no quarto, todo aquele sangue seco rasgando a pele dos mortos e as manchas vermelhas espalhadas por todos os lados, ainda tive de fazer contato visual com tamanha destruição. Não sei como alguém consegue morder a cabeça de um pênis e arrancá-la com o dente. Milene o fez. Devia existir nela uma energia muito forte, o reflexo de algo quase sobrenatural, sobre--humano, de origem canibal. Teria em seus genes a presença de algum antepassado comedor de carne humana? Virei o rosto e fui me controlando para não vomitar. Joguei dentro da banheira aquele que um dia foi meu parceiro de infância, um professor da vida, um sujeito por quem nutria admiração, carinho e respeito. A cortina de plástico do banheiro tornou-se seu profano sudário.

Entre os livros que havíamos lido diversas vezes juntos, existiam todos os tipos de histórias, contos, profecias e finais. Mas acho que nunca passou pela cabeça de nenhum de nós um final como aquele. Largado dentro de um banheiro de um hotel de beira de estrada, após ter seu pênis arrancado e seu corpo recebido meia dezena de tiros. Quem desejaria um final de vida assim? Senti calafrios.

Voltei para buscar o atendente e vi Milene e Lorena conversando. Ambas com olhares tensos, atentos.

- Quer saber? Só manteremos Caroço nesse quarto ao lado. Não precisamos desse recepcionista idiota. Não estou suportando mais esse cheiro de carniça.

Abri a porta, com meu rosto envolto em uma blusa, para garantir que ninguém, em parte alguma desse mundo, pudesse saber quem era aquele que arrastava um cadáver para o sol. Recebi a luz que vinha forte em minha direção, atingindo meus olhos em cheio, quase me cegando. Ouvi a movimentação dos pés dos policiais chacoalhando as pedras de brita do estacionamento do hotel. Meu desgaste era óbvio, larguei o funcionário no chão e voltei para o quarto, onde fiquei escondido, observando a movimentação e o murmurinho. Mais um número para o início das atrações circenses do dia. Senti raiva desse cretino. Ele não tinha nada que ter voltado para colher assinaturas de hóspedes numa hora daquelas. Ficou sem as assinaturas e sem a vida. Seu formulário com os nomes estava largado com outros tantos lençóis, toalhas e objetos pelo piso do quarto. Maldita burocracia assassina. Morreu por umas assinaturas nuns papéis. Por ele eu não nutria qualquer sentimento exceto o desejo urgente de afastar seu odor de putrefação.

A mãe dele caiu aos prantos quando identificou seu corpo. Suponho que já estivesse desesperada diante do ocorrido justamente no hotel onde seu primogênito trabalhava. Com tantos outros lugares malditos, justo no hotel, seu filho querido foi viver seu último dia. O desespero da mãe me fez sentir uma angústia que afoguei num gole de uísque. Decidi não alimentar mais a confusão de sensações que estava vivendo. Cada vez mais, o real ia se transformando em um pesadelo e a gente não encontrava uma solução viável para a fuga.

Do megafone veio a voz do comandante anunciando a chegada do deputado Juramento.

Muitos fotógrafos, câmeras e microfones foram direcionados a seu bigode formoso, e aquele traje impecável que, apesar do calor, não fora dispensado, como um soldado não dispensa sua farda no pior dos cenários de uma guerra. Dava para ver que tinha orgulho de suas escolhas, do estilo de vida que decidira levar. A população mantinha-se reunida desde o dia anterior e apareciam mais e mais curiosos.

O teatro agora tinha um novo personagem disputando o protagonismo. E ele não decepcionou. Disse que jamais viraria as costas para o povo. Que sentia orgulho por ter sido chamado numa situação tão crítica, que faria tudo para poder salvar aquela mãe e suas crianças.

– Pobres crianças – dizia ele –, que mal chegaram a este mundo e já são colocadas à prova da violência de nossa sociedade injusta.

Evocou Deus, Jesus Cristo, Virgem Maria... Pediu uma corrente de orações e ressaltou: "Independentemente de suas crenças, rezemos para que Nosso Senhor possa, com toda sua força, afastar o mal do coração desses criminosos".

Seu discurso foi tomando ares de palanque, quando um dos seus assessores se aproximou e falou algo em seu ouvido.

Fiquei na dúvida se ele sabia de fato com quem esteve falando ao telefone. Talvez essa "senha" pudesse ter o mesmo significado para outras tantas a quem ele entregara toda sua fúria sexual. Talvez ele nem se lembrasse de tal chamado e apenas aproveitou o caso para se promover politicamente. Talvez, em sua cabeça, o fingimento de Lore não soasse como tal e o tenha feito crer que o consentimento com tudo que aprontaram juntos fosse um prazer para a então menina de dezesseis anos. Vai saber que tipo de escrúpulos um sujeito desses tem guardado nos seus bolsos... Basta lembrar que foi por conta da total falta de compaixão, segundo Lore, que seu pai viera a falecer. O velho realmente dava a vida pelo deputado Juramento e, no momento em que mais precisou, foi abandonado.

E todos os votos que ajudou a conquistar para eleger o amado chefe? Transformaram-se em células cancerígenas, em rejeição, em um fim deprimente.

Lore bufava de ódio.

O deputado Juramento nos pediu que fizéssemos as exigências. Acontece que nós não sabíamos o que pedir. Nossa exigência era conseguir um carro, algumas armas e tentar a sorte. Mas isso soava tão improvável e incompetente que decidimos não utilizar na negociação.

– Serei bem objetiva, senhor Juramento. Trocamos a grávida e as crianças que o senhor jura defender, por sua presença aqui conosco – gritou Lore.

Os assessores começaram a andar de um lado para o outro, falando aos telefones. Os policiais levaram o deputado para trás de uma viatura a fim de aconselhá-lo a não aceitar a proposta. A polícia não poderia permitir uma coisa dessas. A imprensa correu a noticiar a ousadia dos sequestradores. A essa altura, não sabíamos como estava nosso desempenho nas TVs. Será que a audiência estaria batendo níveis recordes? Lore conseguiu movimentar ainda mais o cenário. Não esperava por aquela iniciativa. Duvidei o tempo todo que o deputado se dispusesse a algo tão surreal. Ele retornou com sua pompa.

– Queremos garantia de que a refém ainda está viva – disse o deputado.

Isso nos obrigou novamente a armar toda aquela fantasia. Preparar Milene, nos cobrir para tentar esconder nossas identidades e finalmente convencer o deputado a trocar de lugar com nossa "refém". Corremos para o fundo do quarto e, enquanto um se arrumava, o outro observava as possíveis entradas de invasão.

Tudo pronto. Estávamos a postos para a próxima cena.

– Não podemos deixar Milene muito exposta. Algum fotógrafo ou cinegrafista pode focar na barriga dela e desmascarar nossa farsa – concluí.

Contamos até três e saímos novamente. Havia uma multidão. Abutres sedentos por sangue. Colei minha cabeça na altura da barriga de nossa amiga. Pensei que, se viesse um tiro, atravessaria meu crânio e mataria os "gêmeos". Lore não ofereceu alternativas. Ou o deputado trocava de lugar com a vítima ou, em trinta minutos, abortaríamos os bebês e jogaríamos os fetos pela janela. Retornamos para o quarto e aguardamos novo contato.

Diante daquele cenário macabro dos corpos e o cheiro da morte por todos os lados, acha que alguém duvidou que seríamos capazes de abrir a barriga da grávida, arrancar os bebês e jogá-los vidro afora?

O deputado suava feito um porco, mas mantinha a pose. O oficial de polícia tentou interceder, e Lore deu um tiro para o alto, fazendo todos os matutos correrem cada qual para onde apontavam seus narizes. Um imbecil distraído fugiu em direção à estrada e quase foi atropelado por mais um carro da imprensa que chegava ao local.

Ficamos especulando a respeito da hipótese da aceitação de nossa proposta. E aí? O que conseguiríamos com isso?

Queria voltar a ser criança. Queria acordar desse pesadelo. Mas desejava dar uma solução para o problema. Queria, no mínimo, manter minhas garantias de vida. Já estava disposto a conservar minha alma neste corpo e seguir para alguns anos de reclusão. É como se você estivesse pendurado diante de um penhasco. Suas mãos não aguentam mais o peso do seu corpo. Você tenta lutar para reunir forças que lhe ergam até o platô, mas seus músculos não se movimentam a seu favor, e do seu cérebro vem o impulso final. Solte a mão. Por mais que seja contra a natureza da sua existência, chega um momento em que a natureza da realidade prevalece. Lá estava eu, conflitando e quase aceitando meu destino.

Quantos conselhos o deputado não estaria recebendo naquele momento? "Vá lá, convença-os, se conseguir, será um herói, poderemos arriscar cargos melhores na próxima eleição". Ou, talvez, "deputado, são sociopatas. Veja, mataram dezenas de pessoas. Jogaram corpos pela porta. Montaram um cenário demoníaco. São perigosos e estão desesperados. O senhor pode sair ferido, até morto".

O que estaria se passando na cabeça do importante homem? Todas as emissoras transmitindo ao vivo a negociação para o país inteiro. Uma excelente oportunidade de cultivar uma imagem pública que o privilegiasse. Ninguém lembrava mais dos escândalos que supostamente envolviam pessoas de sua equipe. Ele se saíra bem dessa última armadilha. Poderia alçar voos maiores na política. Ser convidado para posições de maior destaque dentro do seu partido. Poderia conseguir o que sempre sonhara, um atalho para o Senado, quem sabe até para a presidência da República. Todos sabiam que qualquer decisão seria delicada. A população, em coro, começou a gritar seu nome e isso foi inflando seu ego. O povo clamava para que o deputado os ajudasse. Que resgatasse a moça. Que prendesse os bandidos.

Juramento agora era o centro das atenções. Muitas coisas importantes estavam em suas mãos. O que ele faria?

Lore foi até a janela e anunciou que tinham apenas mais dez minutos para decidir o destino dos "gêmeos".

O deputado se ajeitou todo, limpou o rosto. Imagino que, se tivessem maquiadores no local, ele certamente estaria com cheio de pó. Foi em direção aos comandantes. Discutiu com eles. Depois andou até o povo, apertou as mãos de sua plateia, pedindo sorte, e caminhou com seu celular em mãos. Com a voz empostada, disse em alto e bom tom:

- Soltem a grávida e garantirei a vida de vocês!

- Muito bem, senhor Juramento. Venha rigorosamente devagar até a entrada, com as mãos levantadas e sem movimentos bruscos. Quando chegar sob a soleira, o senhor entra e a grávida sai.

- Ok, minha filha. Mas pelo amor do Santo Homem de Deus, nos entregue essa mulher e seus bebês. Deus terá compaixão com suas almas. O juiz-corregedor está a caminho para garantir que serão levados até a delegacia e tratados de acordo com o Código Penal Brasileiro.

O povo apenas cochichava. Todos nervosos, preocupados, pensativos. A polícia não queria admitir uma relação tão perigosa dessas. Os jornalistas estavam extasiados. Que história perfeita para um dia sem qualquer importância! Em minutos, estavam diante de uma situação extremamente delicada. Com exceção dos parentes das vítimas, que choravam seus mortos, poderia sugerir que existia até um clima festivo no ar. Aquele de fim de novela, com os corações acelerados. O que aconteceria no momento seguinte? O que Deus estava preparando para os reles humanos? Como num filme.

Nossa decisão era não entregar Milene. Eles descobririam nossa farsa. Juramento Braga veio rezando em voz baixa e, quando chegou bem perto e pronunciou as palavras de salvação, ouvi um estampido alto e vi o fogo saindo do cano da arma de Lore. Tudo ficou em câmera lenta pra mim. A bala foi girando em alta velocidade, desbravando o espaço que existia entre a pólvora que a impulsionara e o universo em desencanto. Riscando cada milímetro da atmosfera e deixando a fumaça para trás. Vi os olhos de Lore com as pupilas dilatadas e os olhos do deputado se fechando num impulso involuntário. O chumbo penetrou sua cabeça e miolos voaram para todos os lados. Um volume assustador de sangue começou a esguichar para o alto, e o povo começou a gritar, a correr. Desespero coletivo. Caos completo. O corpo do deputado foi desmilinguindo até seu belo terno se misturar com a terra. A poeira da movimentação formou uma neblina de pânico. Ouvimos alguns tiros, muitos barulhos. Lorena correu para o banheiro do quarto para evitar a invasão pela retaguarda. Fiquei de olho na porta do quarto vizinho e agachado, para não ser alvejado.

O homem, que queria ser herói do povo, tinha sua imagem enviada para todos os satélites, executado diante das câmeras. Jazia inerte no chão. Senhoras passando mal, ambulâncias e médicos em ação em cada canto do hotel. Alguns homens correram em direção ao político que acabara de ser assassinado e retiraram seu corpo desfigurado da entrada de nossos aposentos. Protegidos por soldados da PM que se esgueiravam apontando seus fuzis, a ordem era clara. "A grávida ainda estava refém e não poderia ter sua vida colocada em risco".

Milene colocou a mão na boca, mostrando novamente aquele sorriso faceiro que havia dias não se manifestava, e Lore estava num misto de euforia e ódio.

- Jurei que um dia iria vingar a morte de meu pai. Para mim acaba aqui esta história. Já posso morrer em paz. Minha missão foi cumprida - disse Lore.

A polícia jogou uma bomba de efeito moral que espalhou fumaça no quarto todo.

O barulho do vidro quebrando anunciou a invasão. Fodam-se a grávida e suas crianças. Agora era uma questão de ordem. Muitas vidas já tinham sido perdidas. A polícia precisava agir e estava decidida a encerrar de uma vez por todas essa história.

Separamo-nos pelo quarto. Ouvi barulho de coisas sendo destruídas, ouvi a altivez da voz dos policiais. Ouvi grunhidos, berros, sirenes ligando e carros chegando. Em um segundo, tudo ao redor passou a se mover como se um terremoto nos atingisse.

Corri para o quarto ao lado e me tranquei no banheiro junto com Caroço. O cheiro de sua pele podre me deu uma ânsia de vômito tão forte que acabei inundando o espaço inteiro. Fiquei mirando minha arma na entrada. Quem quer que tentasse invadir meu refúgio, morreria. A fumaça ia tomando conta de tudo. Não conseguia enxergar nem um palmo à minha frente. Ouvi mais tiros e um berro de mulher. Será que pegaram Milene? Lorena? Não conseguia identificar de quem era aquela voz.

Meus olhos começaram a lacrimejar, estava insuportável a situação. Diferentemente do outro banheiro, nesse não havia uma janela e, mesmo que houvesse, seria mais um buraco pelo qual os policiais poderiam entrar.

Lembrei-me de quando nos reuníamos na MMML e Lobinho contava histórias da época da ditadura, quando seus pais lutaram contra os militares. Certa vez, contou que em situações de combates mais duros eles arremessavam bolinhas de gude pelas ruas e derrubavam os cavalos enquanto tentavam fugir. Outra estratégia era molhar um pano e colocar no rosto para respirar melhor, diante dos ataques com gás. Imediatamente, procurei a torneira. Tirei minha camisa e, quando girei o registro, não saiu uma gota sequer. O procedimento das autoridades de fazer pressão nos livrando das necessidades fundamentais havia dado seu primeiro resultado real. Estava fodido, preso dentro de um banheiro com gás por todos os lados, um defunto na banheira e confrontando a realidade óbvia de que seria capturado ou morto em poucos minutos. Fui até a privada para molhar minha blusa em sua pequena poça. Nessas horas você pouco se importa de onde vem o problema, quer apenas resolvê-lo. E que diferença faria se aquela água descia da bica ou do vaso sanitário? Uma sutil diferença. Um pedaço enorme de cocô boiava solitário. Não era um cocô qualquer, era um grande. Formava quase uma espiral. O filho da mãe do Caroço não havia aprendido a dar descarga, ou será que aquela escultura tinha vindo de Milene? Pouco importava quem quer que fosse o dono, merecia uma surra de bambu. Isso é o maior absurdo que pode existir na convivência entre seres humanos. Fazer contato com as fezes alheias é extremamente desagradável.

Eu precisava respirar e a única água disponível estava ali. Com a camisa, afastei o cocô para o lado e molhei finalmente o pano. Meu olfato, a essa altura, já deveria estar anestesiado, pois segurei forte o pano com raspas de restos humanos, cobrindo o nariz e a boca, e com a outra mão apontei a arma para a porta que estava prestes a ser arrombada.

Não quis esperar mais. Já estava completamente fodido, então, agora era uma questão de morrer com honra. Eu tinha certeza de que não me poupariam. E quando a maçaneta se movimentou, dei três tiros bem na altura do que poderia ser um tórax humano. Porém, o que escutei foi um ruído feminino.

O terror atiçou todos os meus sentidos e ouvi os últimos suspiros de Milene. O som de seu sussurro entrava por baixo da porta junto com o gás.

- Eu não quero morrer... Eu não quero morrer... Eu não quero morrer...
... E parou.

Continuaram quebrando o quarto todo e Lore gargalhava e gritava:

- Me matem, seus porcos! Me matem! Vocês são uns merdas! Policiais de merda! Cretinos! Imbecis!

A voz ia se afastando, o que me fez crer que Lorena estava sendo levada. A multidão, enfurecida, arremessava objetos, pedras e proferia insultos. A parede do banheiro era um anexo ao vão dos corredores. Dava para ouvir tudo.

Minha arma agora só tinha mais dois cartuchos. Meus olhos não suportavam mais tanta ardência. Ainda com o pano molhado, tentando proteger minhas vias respiratórias, dei dois passos até a banheira e decidi me esconder debaixo do corpo de Caroço. A adrenalina realimentou meus instintos e, num puxão só, consegui levantar o corpo de meu ex-amigo. Imediatamente me coloquei por debaixo dele. Meu coração estava numa aceleração tão intensa que chegava a me faltar espaço no peito. Senti cada molécula do meu corpo se chocando. As sinapses de meus neurônios explodindo. A mistura da minha pele com a pele morta de Caroço. O plástico do banheiro. O ar contaminado. Os barulhos do outro lado da porta. O cano frio de minha arma que agora apontava para a entrada.

Todas as minhas lembranças passavam como filme.

Deu-se um clarão dentro do banheiro e um barulho que me contorceu por dentro.

Silêncio e escuridão...

Ziiiiiinnnnnnnnnnnnnnnnnnnnnnnn Ziiiiiinnnnnnnnnnnnnnnnnnnnnnnn.

Foi a última coisa de que me lembro...

Continua tudo escuro e não ouço ninguém...

Não sei para onde me levaram. Não sei dizer o que aconteceu com Lore. Senti, durante muitos dias, meu corpo moído como se tivesse sido trucidado por um trator. Escuto minha voz por dentro apenas. Não sei se estou trancado num quarto completamente escuro ou se colocaram tampões em meus olhos...

Não sei se estou vivo. Essa é a verdade.

Preciso dividir mais algumas coisas estranhas com quem me ouve...

O que de fato se passa a meu redor?

Nunca mais vi ninguém. Nem meus pais, nem meus amigos.

O mundo me parece tão solitário. Como se eu estivesse numa cápsula atirada para a imensidão do espaço sideral.

Sinto meu coração pulsando. Toco meu corpo, minha pele. Mas... onde estão as pessoas? Qual foi minha sentença? Meus advogados? Meu telefonema?...

Estou numa solitária?

Quantos dias se passaram desde que fui retirado daquele inferno e jogado neste silêncio ensurdecedor?

Eventualmente, alguém me pega pelo braço e me conduz para algum lugar. Não tenho a menor ideia de quem seja essa pessoa. Pode ser mais de um. Não vejo, não escuto, não tenho qualquer percepção do que me cerca. Apenas sinto o cheiro de mijo, de dejetos humanos e, uma vez ou outra, de alimentos que me trazem. Reconheço gostos e só.

Se grito, o som soa apenas no meu peito. Como se estivesse no avesso.

Meu amor por Lore ainda jaz. Sinto sua falta. Saudades de seu cheiro, de sua voz, de sua respiração, do nosso sexo. Será que ela ainda existe neste planeta? Será que nos veremos novamente? Não tenho respostas para essas questões.

Há quantos dias estou aqui?

Surdo e cego.

FIM

Para saber mais sobre nossos lançamentos, acesse:
www.belasletras.com.br